KB041066

너와 나의 최후의 전장, 혹은 세계가 시작되는 성전 3
the War ends the world /
raises the world
미스미스 클라스
Mismis Klass
제국 군인. 이스카가 소속된 소대의 대장.
성맥 분출천(볼텍스)에 빠지는 바람에 마녀가 되었다.
성검
Stellar S-Sword, Stellar R-Sword
이스카가 스승님에게서 물려받은 검. 모든 성령
술을 베어내는 흑강의 검과, 마지막으로 베어낸
성령술을 한 번만 재현할 수 있는 백강의 검.
두 자루가 한 세트.
성문
Astral Sign
『성령』에 감염된 자의 몸에 나타나는 무늬.
마녀 또는 마인이라는 증거. 제국에서는
박해의 대상이 되고, 황청에서는 통행증이 된다.

이스카
Iska
성검이라는 한 쌍의 검을 가지고 성령술사와 대등하게 싸우는 검사. 싸움을 끝내기 위해 싸운다. 그래서 별명은 「전투를 싫어하는 전투광(戰鬪狂)」.
“나도 고집이 있어. 라이벌과 한 약속——
그걸 깰 수는 없잖아?”

"헤어지려야 헤어질 수 없어…….
너와 나의 인연은 참으로 기이하구나."
앨리스리제 루 네뷸리스 9세
Aliceliese Lou Nebulis IX
당당하고 아름다운 네뷸리스 황청의
제2왕녀. 통칭 『빙화의 마녀』. 제국
타도를 꿈꾸는 한편, 국내 왕위 계승권
다툼으로 골치를 앓고 있다.

the War ends the world / raises the world

CONTENTS

너와 나의 최후의 전장, 혹은 세계가 시작되는 성전 3

the War ends the world / raises the world

사자네 케이 지음

한수진 옮김

커버 그림, 본문 일러스트 | **네코나베 아오**

너와 나의 최후의 전장, 혹은 세계가 시작되는 성전 3

the War ends the world /
raises the world

So fert Sew lu sis ria Es.
나는 당신의 무엇이 될 수 있을까요?

lu ez clar ria xel. lu ez karel eia xel pha bie Ec Ies sanc.
대답해줘요. 마음의 소리로 기원해줘요.

E ema evoia fert Ez lihit. xel cia miel bie shel.
당신은 원한다면 뭐든지 될 수 있어요. 그리고 나는 힘이 되어줄 수 있어요.

Prologue
『앨리스의 상념』

the War ends the world /
raises the world

"앨리스 님, 오늘 벌써 열네 번째 한숨을 쉬셨습니다."

"……응. 알아………… 휴……."

"열다섯 번째입니다."

"기분이 별로야. 저기, 린. 마음고생이라는 게 이런 걸까?"

별의 탑.

싱그러운 화초 향기가 나는 정원에서 앨리스는 벤치에 앉아 하늘을 우러러봤다.

앨리스리제 루 네뷸리스 9세――이 「마녀의 낙원」 네뷸리스 황청의 왕녀이자, 강한 성령을 보유한 소녀였다.

햇빛을 받은 금빛 머리카락은 은은하게 빛났고, 루비 같은 두 눈동자는 늠름하고 기품이 넘쳤다.

아직 열일곱 살밖에 안 되었는데도 일찍 성숙해진 몸매는 어른스러운 올록볼록한 곡선으로 이루어져 있었다. 그 몸매는 사랑스런 외모와 더불어 공주님의 화려한 이미지에 잘 어울렸다.

다만――.

하도 우울한 한숨만 푹푹 내쉬고 있어서, 그 아름다움도 빛이 바랠 정도였다.

"앨리스 님, 요즘 왜 이러세요?"

벤치 옆에서 소녀 시종이 말을 걸었다.

린 뷔스포즈.

밝은 갈색 머리카락을 좌우로 갈라 묶은 소녀. 나이는 앨리스보다 한 살 어린 열여섯 살이었다.

린은 시종이기 때문에 가정부처럼 수수한 옷을 입고 있었다. 그런데 실은 옷 구석구석에 단검, 금속 바늘, 와이어 같은 암기를 숨겨놓고 있었다.

앨리스의 시종 겸 호위. 그가 바로 린이었다.

"혹시 어디 편찮으신가요?"

"아니. 더없이 건강해."

"혹시 배고프세요?"

"좀 전에 점심을 먹었잖아. 너와 함께."

"어휴, 그럼 뭔데요? 앨리스 님, 뭔가 불편한 게 있다면 말씀해 보세요."

린은 정말 난감하다는 듯이 가슴에 손을 대고 말했다.

"시종으로서 저는 앨리스 님의 상태를 알아야 할 의무가 있습니다. 자, 앨리스 님. 뭐든지 상관없으니 불편한 게 있다면 저에게 솔직히 말씀해주세요!"

"가슴이 답답해."

"가슴이요?"

"속옷이 너무 꽉 껴. 또 사이즈가 안 맞게 되었나 봐…… 아아,

어쩌지.”

“지금 자랑하시는 거예요?!”

납작한 자기 가슴에 손대고 있던 린이 새빨개진 얼굴로 손을 뗐다.

“아, 네, 그래요. 제 가슴은 납작해요. 아직도 어린이용 속옷으로 대충 해결될 정도니까요. 그래서 저는 앨리스 님의 고충을 이해할 수가 없네요!”

“농담이었어. 후후, 넌 어쩜 그렇게 귀엽니?”

벤치 등받이에서 등을 뗐다.

린에게는 미안하지만, 린이 이렇게 화내고 당황하는 모습을 보니 저절로 기운이 났다. 얼굴이 새빨개진 린은 에너지가 넘쳐 보였다.

그리고 참 귀여웠다.

평소에 린은 늘 냉정하고 침착하니까. 이런 어린아이 같은 일면이 사랑스럽게 느껴졌다.

……게다가.

……솔직한 내 심정을 말하면, 린한테 또 혼날 게 뻔했다.

내가 네뷸리스 황청의 일로 한숨짓는 게 아니라, 적국 병사를 떠올리면서 한숨짓는다는 사실이 들통난다면. 틀림없이 린은 인상을 찌푸릴 것이다.

……이스카는 무사할까?

……아마 살아 있을 테지만. 확증은 없었다.

앨리스의 불안. 그 원인은 약 일주일 전에 일어난 사건이었다.
제국과 네뷸리스 황청 부대가 충돌한 협곡에서 앨리스는 자신의 라이벌인 제국 검사 이스카와 헤어졌고, 그의 행방을 알 수 없게 되었다.
볼텍스(성맥 분출천).
별의 중추에서 솟구치는 성령 에너지에 둘 다 휩쓸려 날아갔으므로——.

"이 힘은? 성령이 바로 곁에…… 안 돼, 이건, 제어할 수 없어?!"
"앨리스?!"

전직 사도성 이스카.
앨리스가 전력을 다해 싸웠는데도 쓰러뜨리지 못한 운명의 호적수였다. 다음 전장에서 마주치면 꼭 결판을 내야지. 일각이 여삼추인 것처럼 그 순간을 간절히 기다렸건만.
또다시 결판을 '뒤로 미뤄야' 했다.
그래서 앨리스의 심정이 어떤가 하면. 마치 내내 손꼽아 기다리던 자신의 결혼식이 갑작스런 태풍 때문에 중지되어버린 듯한 좌절감을 느꼈다.
……어머나. 아니, 결혼식에 비유하는 건 너무 심했나?
……나와 이스카는 전장에서는 대립하는 적인데. 결혼식에 비유하는 건, 좀…….

머릿속에서 망상이 점점 커졌다.
그런데 바로 옆에서 린이 내 얼굴을 들여다보더니.
"앨리스 님."
"겨, 결혼 생각은 안 했거든?! 나와 이스카는———."
"이스카?"
"…………앗."
아차. 반사적으로 변명하려다가 그 이름을 입 밖에 내고 말았다. 자기 실수를 깨닫고 쓴웃음을 짓는 앨리스. 한편 소녀 시종의 얼굴은 순식간에 어두워졌다.
"앨—리—스—님—?"
"저기, 린, 잠깐만?! 아니야, 제발, 내 이야기를 들어줘!"
"아니긴 뭐가 아닙니까? 앨리스 님, 도대체 몇 번을 말해야 알아들으시겠어요? 그 검사는 적입니다! 적국의 병사. 심지어 하급 병사입니다. 우리 황청의 왕녀이신 앨리스 님께서 신경 쓰실 만한 상대가 아닙니다. 적국의 일개 병사 따윈——."
린이 그런 말을 하다가.
앨리스 앞에서 문득 뭔가 생각난 것처럼 얼굴을 찌푸렸다.
"아…… 물론 그 병사의 실력은 인정하지만요. 저도 한 번은 낭패를 봤었고. 앨리스 님께서 그에게 신경 쓰시는 것도 이해는 합니다."
"응, 맞아, 그렇지?"
"……왜 그렇게 기뻐하시는 거죠? 적에 관해 이야기하고 있는데.”

한숨을 푹 내쉬는 시종.

“알았어요. 그 검사가 그토록 마음에 걸리신다면, 그냥 앨리스 님께서 원하시는 대로 행동하셔도 됩니다.”

“행동이라니?”

“그 검사와 결투하는 거 말이에요. 앨리스 님이 원하시는 대로. 단둘이서.”

“어…… 정말? 그래도 돼?”

린의 말을 믿을 수가 없었다. 지금까지 린은 앨리스가 이스카와 접촉하는 것을 몹시 싫어했었는데. 설마 이런 말을 할 줄이야.

“그, 그런데, 어떻게 해야 할지…….”

“서로 만날 때까지 끈기 있게 기다리는 수밖에 없겠죠. 전에 그 남자는 중립도시 에인에 나타났잖아요. 앨리스 님은 거기서 세 번이나 우연히 그를 만나셨으니까. 부지런히 그곳에 가시는 것이 수수하지만 가장 확실한 방법일 겁니다.”

“……나. 한동안 왕궁 스케줄이 빡빡한데.”

“제가 스케줄을 조정하겠습니다. 다음 휴일을 사흘로 하고. 앨리스 님께서 황청 밖으로 나가실 수 있도록 해볼게요.”

“린, 고마워!”

의자에서 벌떡 일어나 시종을 와락 끌어안았다.

“역시 나의 시종은 굉장해. 정말 최고야!”

“자, 잠깐만요, 앨리스 님?! ……다, 답답해요. 그 커다란 가슴으로 내 얼굴을 짓누르지 말아주세요!"

"앗, 저기, 미안해."

당황하여 시종을 놔줬다. 그새 린의 얼굴이 새파래졌다.

"……흐, 흠. 앨리스 님, 그 대신 약속을 하나만 해주세요. 왕궁에서는 한숨 쉬지 마시고 왕녀답게 지내셔야 해요, 아셨죠?"

"응, 당연하지."

좀 전의 우울한 기분은 어디로 날아갔는지.

앨리스는 당장이라도 춤을 추고 싶은 심정이었다. 설마 린의 허락을 받아 당당하게 이스카를 찾으러 갈 수 있을 줄은 몰랐다.

"아, 기대된다. 이스카! 중립도시에서 꼼짝 말고 기다려!"

"그래요. ……**기대되네요**."

앨리스는 아직 눈치채지 못했다.

그렇게 맞장구치는 린의 눈이 수상쩍게 빛나고 있다는 것을.

이스카와 재회하길 바라는 앨리스 옆에서 이 소녀는 전혀 다른 「이스카 처리」 계획을 세우고 있다는 것을.

그리고——

이 시종의 독단이, 이윽고 제국과 네뷸리스 황청조차 죄다 끌어들이는 커다란 운명의 흐름을 일으키게 되리란 것을.

앨리스도, 이스카도 아직은 몰랐다.

Chapter. 1

『독단, 엇갈림, 뒤틀린 마음』

the War ends the world /
raises the world

1

″너희 네 사람은 네뷸리스 황청에 침입할 거야.″

″특무의 정체는『황청 침입』. 그리고 현재의 네뷸리스 여왕을 포획하는 것.″

제도 융메룽겐.

거주 구역, 상업 구역 양쪽에서 격리되어 있는 군사 구역 '제3 지구'.

그곳의 기지 회의실에서——

"사도성 씨. 농담이 너무 심한 거 아닌가?"

은발 청년의 대답이 정적을 깼다.

"물론 당신은 늘 엉뚱한 소리를 해대지만, 오늘 이건 도저히 웃어넘길 수가 없군."

진 슐라건.

깔끔하게 세운 은발과 예리한 생김새의 소유자. 이 청년이 등을 대고 있는 벽에는 그가 언제나 들고 다니는 저격총이 기대어 세워져 있었다.

"일단. 내 생각은 그래."

"……저도 동감입니다."

진이 눈짓하자, 이스카도 살짝 고개를 끄덕이며 동의했다.

이스카── 흑갈색 머리카락을 지닌 열일곱 살 소년.

제국에서 나고 자란 소년 병사. 진과 마찬가지로 제국군 소속. 좀 더 자세히 설명하자면 인류 방위기구 Ⅲ사 소속이었다.

그들의 적인 마녀와 싸우면서 말 그대로 인류를 지키는 것. 그런 역할을 맡은 제국 병사였다.

"제가 아는 한, 제국의 첩보 부대는 황청의 국경을 넘는 것조차도 쉽지 않다고 하던데요. 정세가 바뀌기라도 했나요?"

"아니야. 이스캇치, 네 말이 맞아."

안경 쓴 여자 간부가 생글생글 웃으며 대답했다.

"그 나라 왕궁의 경계는 매우 삼엄해. 특히 여왕의 방에는 아직 아무도 침입하지 못했어. 하지만 그만큼 어려운 일이니까, 그걸 해내면 굉장할 것 같지 않아?"

리샤 인 엠파이어──.

검은 테 안경이 트레이드 마크인 영리하게 생긴 여성.

참으로 우수해 보이는 사장 비서나 비즈니스 우먼을 연상시키는 지적인 인물인데, 제국군 간부로서도 남자 병사 빰칠 정도로 놀라운 체력과 전투기술을 가지고 있었다.

이른바 만능 천재.

동기인 대장들이 고생하는 동안에 이 여자는 이례적인 속도로 사도성으로 발탁되더니 눈 깜짝할 사이에 사도성 서열 제5위가 되었다. 그리고 지금은 천제의 심복으로 활동하는 중이었다.

그런 인물이 말했다.

"나 진지하게 이야기하는 거야. 아니, 명령하는 건데?"

"누가 내린 명령입니까?"

"당연히 팔대사도가 내린 명령이지. 저기, 이스캇치? 다 알면서 물어보다니, 이스캇치답지 않은걸?"

안경 렌즈 밑에서 풍성한 속눈썹에 감싸인 두 눈이 가늘어졌다.

신비롭고 요염한 눈빛이었다.

"후후~ 그동안 비밀로 한 보람이 있었네. 다들 이렇게 기뻐해 주다니."

"전혀 기쁘지 않아요……."

"어머나? 신기하네. 이스캇치. 그런 질색하는 표정도 지을 줄 알아?"

허리에 손을 댄 리샤가 의아하다는 듯이 그의 얼굴을 들여다봤다.

"전직 사도성인 이스캇치에게 불가능한 일도 있니?"

"난제군요. 지금까지도 말도 안 되는 명령을 받았습니다만, 이것과는 좀 비교하기 힘들 것 같네요."

이스카는 딱딱한 말투로 대답했다.

그러자 리샤는 요염한 눈빛을 유지하면서 대꾸했다.

"흐음~? 그런데 이스캇치. 당신이 보석으로 풀려난 것은 누구 덕분이지?"

"팔대사도 덕분입니다."

"맞아. 그리고 이번 계획의 발안자도 팔대사도야. 내 말이 무슨 뜻인지 알지?"

"……압니다."

이스카는 국가 반역죄를 저지른 병사다.

1년 전에 우연히 눈에 띈 어린 마녀를 탈옥시켰다가 종신 금고형을 선고받았다.

——흑강의 후계자 이스카.

——제국 최강의 검사에게 지도받은 인재를 이대로 투옥시켜 놓는 것은 아까운 일이다.

제국 최고 권력자인「팔대사도」.

원칙대로라면 감옥에 갇혀 있어야 할 이스카가 석방된 것도 팔대사도의 제안 덕분이었다.

"이스캇치를 위해 조언을 하나 해주자면, 이 임무는 거절할 수 없어. 팔대사도의 심기를 상하게 했다가는 즉시 감옥으로 돌아가게 될 거야. 아, 뭐야. 그런 표정 짓지 마~."

리샤가 그의 어깨를 툭 쳤다.

"이스캇치는 잘할 수 있을 거야. 뭐, 제907부대는 전부 다 우수하잖아?"

"그래도 설마 아무 계획도 없는 건 아니겠지?"

씹어 뱉듯이 말하는 진.

"팔대사도와 관련된 특무잖아. 정말 신통치 않은 거창한 계획이 물밑에서 진행되고 있을 테지. 우리는 거기에 어울려줘야 하는 거고."

"후후. 진진도 다 알잖아?"

"구체적인 방법을 가르쳐줘. 지금 여기서. 당장."

가볍게 대꾸하는 여자 사도성 앞에서도 진의 표정은 흔들리지 않았다.

"네뷸리스 여왕은 **그 유명한** 시조의 혈통이다. 여왕뿐만이 아니야. 왕궁에는 순혈종이 잔뜩 있어. 그런데 우리를 어떻게 침입시킬 생각이지?"

시조 네뷸리스——.

100년 전에 탄생한 최초의 마녀.

제국 전체에서 박해를 당하던 성령술사들을 감싸주면서 혼자서 제국군을 상대로 싸워 제도를 불바다로 만들어버린 전설의 주인공.

네뷸리스 황청의 왕가는 이 시조의 피를 이어받은 후손이라고 한다.

——통칭 『순혈종』.

제국에서 시조의 혈맥은 완전히 인간이 아닌 괴물로 인식되고 있었다. 혼자서도 제국군의 거점 하나를 괴멸시킬 정도로 강한 마녀들.

그런 존재들이 네뷸리스 황청에 얼마나 많이 있을지 모른다.

"순혈종뿐만 아니라 다른 문제도 있어. 애초에 국경을 넘기 위한『성령 심판』이 문제야. 사도성인 당신이 그걸 모를 리도 없고."

"응. **성문**(星紋) 말이지?"

리샤가 후후 하면서 의미심장하게 윙크를 했다.

"진진의 주장은 지극히 논리적이야. 확실히 성령 심판은 골치 아픈 문제지."

성령에 빙의된 인간의 몸 어딘가에는 성문이라고 불리는 얼룩이 생긴다. 제국에서는「인간 아닌 존재」의 증거로 취급되는 얼룩인데, 그걸 역이용한 것이 성령 심판이다.

국경 검문을 통해──

성문이 없는 인간의 입국을 제한한다.

"제국에서 성문은 마녀재판의 재료로 쓰이는데, 황청은 그걸 교묘하게 역이용한 거지. 성문의 유무를 통행증 대신 사용하다니. 성문이 없는 인간은 제국의 정찰병일 가능성이 있으니까 함부로 국내에 들여보내주지 않는 거야."

성문은 맨살을 보면 쉽게 알 수 있다.

따라서 제국 사람이 국경을 넘는 것은 몹시 어려운 일이었다.

"첩보 부대가 고전한다니까. 제국 사람은 평범한 인간이니 성문이 있을 리 없잖아? 황청 국민이 아니란 사실이 금방 들통나고 말아."

리샤는 답이 없다는 듯이 어깨를 으쓱했다.

"중립도시 시민이 출입할 때에도 엄중한 감시를 당하지. 이러니 제국의 첩보 부대가 아무리 우수해도 실제적으로는 침입이 불가능할 수밖에 없어."

"그래, 맞아. 그래서 당신은 그 문제를 어떻게 해결할 생각인지——."

"응, 그게. 방법이 있어."

"……뭐라고?"

"제국 사람이어도 황청에 침입할 방법은 있다는 거야."

진은 눈을 가늘게 떴다.

놀라움과 의심이 뒤섞인 그 태도를 보고, 사도성 제5위는 한층 더 즐거워했다.

"사흘 후를 기대해줘."

"아직 가르쳐줄 수 없다는 건가요? 이미 다른 부대는 훈련을 시작했다고 들었는데요."

"오? 뭐야, 이스캇치. 의욕 넘치네?"

"당신이 그런 식으로 말씀하시니까 신경 쓰이는 게 당연하잖아요."

이 여자의 상투 수단.

이스카는 그것을 알면서도 수긍하면서 말했다.

"준비 기간이 필요합니다. 원래 계획대로라면 제907부대도 이미 특무 훈련에 참가했어야 하는데, 볼텍스를 확보하느라 급히 원정을 떠나란 명령을 받았잖아요."

"흠, 그래서?"

"준비가 부족하기 때문에 우리만 보조를 맞추지 못할 가능성이 있습니다."

황청 침입 임무는 제907부대하고만 관련된 게 아니었다.

팔대사도가 계획한 대규모 작전. 명단에 실린 실행 부대 숫자만 해도 스무 개나 된다. 100명 규모의 정예들이 제국군에서 선발된 것이다.

……그런데 여기서 제907부대만 실패한다면?

……틀림없이 황청 국경에서 붙잡혀 고문을 당할 것이다.

그런 개죽음은 사양하고 싶었다.

나의 원대한 꿈은 제국과 황청 사이의 항구적인 평화 협정 체결이다. 이런 곳에서 힘이 다하여 죽을 수는 없었다.

"이스캇치의 심정은 이해해. 나도 도와주고 싶어. 그런데 아쉽게 됐네. **약제**를 준비하려면 이틀이 더 필요하거든. 그러니까 사흘만 기다려줘."

"약제라고요?"

"아차, 실언을 했네? 그럼 난 더 이상 실언하기 전에 퇴장할게. 안녕~ 이스캇치. 진진. 그리고——."

여자 사도성이 등을 돌리더니 옆얼굴로 이쪽을 보았다.

안경 렌즈 너머로 장난스럽게 웃으면서.

"미스미스에게는 이번 작전 내용이 너무 자극적이었나 봐?"

"————."

"아~ 역시. 기절했네? 후후, 그래."
상대는 대답이 없었다.
회의실 바닥에 파랗게 질린 얼굴로 쓰러져 있는 여대장과, 그런 여대장을 끌어안은 포니테일 소녀를 사랑스럽다는 듯이 내려다보더니 한마디 했다.
"네네땅. 방금 그 이야기 미스미스한테 꼭 전해줘. 알았지?"
"……네."
"옳지. 네네땅은 착한 아이구나. 이스캇치도 진진도. 제907부대 사람들은 다들 참 귀엽다니까. 모두 다 우수하기도 하고."
군화 소리가 울려 퍼졌다.
사도성 제5위, 리샤 인 엠파이어는 미련 없이 회의실을 떠나갔다.

2

그 후 회의실에서는.
"대장님? 괜찮으세요?"
바닥에 힘없이 쓰러져 있는 조그만 여대장. 이스카는 그 옆에 쪼그려 앉아 말을 걸었다.
부대장 미스미스 클라스.
지금도 망연자실하여 넋 놓고 있었는데. 그 앳된 얼굴은 사랑스러웠고, 바깥쪽으로 굽이치는 푸른 머리카락도 조그만 몸에 잘 어울렸다.

외모만 보면 10대 중반. 이 멤버들 중에서도 제일 어려 보이지만 실제로는 스물두 살 성인 여성. 누가 뭐래도 상사였다.

"리샤 씨는 갔어요."

"――――."

대답이 없었다.

리샤는 기절했다고 표현했지만, 실제로는 의식도 있고 눈도 잘 뜨고 있었다. 단, 기운이 빠져서 축 늘어져 있을 정도로 충격이 심한 듯했다.

……쓰러지는 것도 당연한가.

……자신에게 **그런 사건**이 일어난 직후에 방금 그 이야기를 들었으니까.

이중 충격으로 쓰러진 것도 이해가 갔다.

"대장님~ 대장님~?"

네네는 미스미스 대장의 머리를 자기 허벅지 위에 올려놓고 뺨을 탁탁 두드렸다.

네네 알카스토네.

풍성한 붉은 머리카락을 하나로 묶은 포니테일 소녀. 부대의 통신사이자 일류 기계 기술자로서 이름을 날리고 있는 재능 있는 소녀였다.

"대장님~ 일어나~. 작전회의를 해야지, 안 그러면 우리들 큰일 날 거야. 아니, 실은 대장님이 제일 큰일 난 거 아니야?"

"네네, 포기해. 아마 한나절은 꼼짝도 못 할 거야."

진이 체념한 태도로 벽에 기대어 섰다.

이 은발 머리 청년은 방 밖을 주의 깊게 살피면서 낮은 목소리로 말했다.

"이중으로 충격이었을 거야. 자신이 마녀가 되어 몹시 당황했는데, 그 직후 황청 침입이라는 황당한 임무를 받았으니. 이런 상황에서 냉정해지기는 어려울 거야."

"으음~ 하지만 역시 대장님이 기운을 차리셨으면 좋겠는걸."

네네는 미스미스 대장의 머리를 다정하게 쓰다듬으면서 중얼거렸다.

"대장님, 기운 내, 응? 오늘은 네네도 같이 불고기 먹으러 가줄 테니까. 맛있는 거 먹고 기운 내자."

"……아…… 부, 불고기……!"

"뭐야, 보스. 갑자기 정신 차렸네? 야, 이스카, 네네. 더 이상 걱정하지 마. 식욕이 남아 있는 걸 보니 보스는 멀쩡한 것 같아."

진이 반쯤 기막히다는 듯이 지켜보는 가운데 조그만 여대장이 벌떡 일어났다.

"헉?! 내, 내가 뭘 하고 있었던 거지……?!"

"완전히 망연자실한 상태였어. 대장님. 리샤 씨가 특무의 내용을 설명하기 시작했을 때부터 내내."

물병의 물을 컵에 따랐다.

이스카는 냉수가 가득 찬 컵을 여대장에게 건네줬다.

"자, 드세요."

"아, 이스카 군, 고마워……."

어린아이 같은 몸짓으로 컵을 들고 물을 다 마신 다음에 심호흡. 이제야 겨우 진정한 듯했다. 그리고 제일 먼저 자기 옷부터 확인했다.

겉옷을 벗고 하얀 셔츠 한 장만 입은 가벼운 옷차림.

팔목의 단추가 풀려 있었다. 그걸 본 순간, 퍼뜩 뭔가 떠올린 것처럼 조심스럽게 소매를 걷었다. 왼쪽 위팔과 어깨가 다 드러났다.

"……역시…… 꿈이 아니었구나……."

힘없이 미소 지으면서.

왼쪽 위팔에 생겨난 초록색 무늬를 들여다보는 미스미스.

——마녀의 성문.

문신과도 비슷한 기괴한 무늬. 그런데 문신과 다른 점이 있었다. 미스미스의 어깨에 있는 무늬는 은은하게 빛나고 있었다.

미지의 별의 에너지『성령』에 감염되어 마녀가 된 자의 증거.

"나. 마녀가 된 건가……?"

"성문이 생긴 시점에서『잭팟』이 터진 거다. 뭐, 그래도 기절한 게 불행 중 다행이었을지도 몰라."

진이 문밖을 턱짓으로 가리켰다.

"어설프게 숨기려고 했으면 뭔가 부자연스러워졌을 테니까. 보스가 제정신인 상태로 성문을 애써 숨겼더라면, 그 사도성도 틀림없이 의심했을 거야."

리샤의 시점에서 미스미스는『황청 침입이라는 무시무시한 임무를 받은 충격으로 기절한 것』처럼 보였을 것이다.

그 덕분에 성문도 들키지 않았다.

"마, 만약 들켰으면……?"

"알면서 뭘 물어. 제국에 **침입한** 성령술사는 최악의 경우에는 들키자마자 처형된다. 물론 보스는 볼텍스에 떨어져서 감염된 거니까 자수하면 죄가 좀 가벼워질 테지만. 그래 봤자 이스카와 마찬가지로 종신 금고형을 선고받을 거야."

"……응, 그렇지."

제국군 대장이면서도「마녀」가 되어버린 미스미스는 한숨을 쉬었다.

돌이켜 보면——.

"너희 대장이나 걱정하지 그래?"

"그럼 실례하도록 하지. 또 만나자. 이름 모를 제국 병사여."

순혈종 키싱과 가면 쓴 남자.

볼텍스를 둘러싸고 이스카와 대치한 이 두 명의 성령술사가 그 자리에서 빠져나가기 위해 선택한 수단. 그것은 바로 포로인 미스미스를 볼텍스에 빠뜨리는 것이었다.

……대장님을 발로 차서 떨어뜨린 가면 쓴 남자.

……그 녀석도 대장님이 이렇게 될 줄은 몰랐을 것이다.

볼텍스에 빠지는 것은 용암이 분출하는 화산 분화구로 떨어지는 거나 마찬가지였다. 다만 용암과 다른 점은, 보통 인간에게는 성령 에너지가 무해하다는 것이었다.

같이 떨어진 이스카는 무사했다.

오직 미스미스 대장 혼자만 성령술사 적성이 있어서 「잭팟」을 터뜨렸다.

"대장님, 일단 한번 여쭤볼게요. 아까 리샤 씨가 내린 특명은 들으셨어요?"

"……아니."

"지금부터 제가 설명하면, 이해할 자신은 있으세요?"

"……아니."

"안 되겠네. 예상은 했지만, 지금은 도저히 황청 침입이 가능한 상태가 아니야."

진이 팔짱을 꼈다.

평소 같으면 여기서 신랄한 말을 한두 마디 덧붙였을 테지만, 오늘은 예외였다. 풀이 죽어버린 미스미스의 모습은 보기만 해도 안타까울 정도였다.

"저, 저기…… 미안해…… 나. 정신 똑바로 차릴게."

"됐어. 좀 쉬기나 해."

진이 명령조인데도 다소 부드러운 말투로 대꾸했다.

"이봐, 네네. 오늘 저녁에는 보스 데리고 불고기 먹으러 가. 내일 아침에도, 점심에도."

"세 끼 다 불고기?!"

"지금 보스에게는 정양(靜養)이 필요해. 진정해라, 냉정해져라, 그런 말을 할 단계조차 아니야. 이대로 특무를 수행하러 갈 수는 없어."

그랬다간 전멸한다.

진이 직접 그렇게 말하지 않은 이유는 눈앞에 있는 대장을 배려했기 때문이리라.

"저도 동감이에요. 이틀이라는 유예 기간이 있잖아요. 대장님, 오늘 훈련은 그만두시죠. 저는 진과 함께 성문을 조사해볼게요."

이스카가 검토해야 할 일. 그것은 미스미스의 성문을 감추는 방법이었다.

살색 밴드를 붙인다?

그래도 이 제도에 설치된 성령 에너지 검출기에 걸릴 가능성은 있었다.

네뷸리스 황청이 제국 병사의 침입을 경계하는 것과 마찬가지로, 제국도 성령술사의 침입을 경계하고 있는 것이다.

"나와 진이 오늘 내로 최소한의 대책은 마련해볼게요. 그리고 네네가 대장님을 돌볼 거예요. 아무에게도 성문을 들키지 않도록. 오늘 밤에는 목욕도 자제해주세요. 목욕탕에서는 누군가가 맨살을 볼 가능성이 높으니까요. 무조건 신중하게 행동하세요."

"아, 알았어!"

"네네. 미안하지만 대장님을 너에게 맡길게. 오늘은 잘 때도 같이 잤으면 좋겠어."

"응, 나한테 맡겨. 대장님 방에서 같이 잘게."

네네가 상사를 꼭 안았다.

"이스카 오빠, 진 오빠도 조심해. 무슨 일 있으면 네네도 통신을 할 거지만, 이 통신기를 이용한 대화는 기구 사령부에 녹음될 거야."

"중요한 이야기는 기숙사에서 할게. 나중에 봐."

네네와 미스미스 대장에게 등을 돌리고.

앞장서서 걸어가는 진을 뒤따라 이스카도 회의실 밖으로 나갔다.

3

대지를 태우는 태양빛.

따갑게 내리쬐는 열선에 의해 달궈진 지면은 딱딱하게 굳어 갈라져서, 약간의 잡초와 나무만 드문드문 남아 있는 황야로 변해 버렸다.

비샤다 황야.

아직 개척되지 않은 이 지평에서 자동차 한 대가 맹렬하게 질주하고 있었다.

"이스카 군이 운전하는 차에 타는 건 오랜만이네."

"네. 차를 운전하는 건 정말 오랜만이에요."

조수석에 앉아 있는 미스미스 대장을 곁눈질로 보면서 말했다.

"긴장되네요. 평소에는 늘 네네에게 운전을 맡겼는데."

"아, 그래, 이해해. 나처럼 예쁜 소녀가 옆에 있으니까 긴장되지?"

"……아, 네. 그렇다고 해둘게요."

만약 이 자리에 진이 있었다면 곧바로 "소녀라고 할 만한 나이가 아니잖아?"라고 지적했을 것이다.

그런데 대장에게 신경 쓰고 있는 것은 사실이었다.

……어제보다는 안색이 좋아졌고 말수도 많아졌구나.

……다행이다. 이 드라이브도 기분을 전환하는 데 조금이나마 도움이 되었을까?

제도는 너무 답답했다.

그러니까 과감하게 외출이나 해봐~라는 네네의 아이디어를 수용해서, 이렇게 차를 타고 나와서 바람을 쐬게 된 것이다.

"살색 밴드는 잘 붙이셨어요?"

"응, 잘 붙여놨어! 효과가 진짜 굉장해. 내가 거울로 봐도 못 알아볼 정도로 완벽하게 가려졌어!"

미스미스 대장이 자기 어깨를 손으로 만졌다.

의료용 테이핑. 원래 피부에 남은 수술 흔적을 숨기기 위해 사용되는 의료품이다. 밴드를 붙이는 요령으로 피부에 붙이기만 해도 상처를 숨길 수 있다.

"이거 방수도 되지?"

"네. 샤워를 해도 돼요. 진이 좋은 물건을 찾아냈거든요. 밴드 두께도 아주 얇고, 살색도 대장님 피부색과 비슷해서 다행이에요."

"……그래도 성령 에너지에 대한 대책은 없지?"

"어제 실험해본 결과만 본다면 그래요. 쉽지가 않네요."

성령술사가 발산하는 성령 에너지. 네네가 시험 삼아 계측기를 가까이 대봤더니 바늘이 움직였다. 테이핑으로 가려도 성령의 빛은 감출 수 없었다.

단, 예외는 있었다.

"샤놀로테 전 대장이 사용했던 밴드가 있으면, 그것도 가능할 텐데요."

"그건 아마 황청이 독자적으로 개발한 제품일 거야……."

″샤놀로테 그레고리는 애초부터 네뷸리스 황청에서 나고 자란 사람이야.″

″이 성문도 쭉 숨겨야 했던 내 심정을 너는 모르지~?″

샤놀로테 전 대장은 약 10년 가까이나 제국군으로 위장해온 황청의 스파이였다.

샤놀로테도 성문을 숨기기 위해 밴드를 붙였는데, 그 밴드는 성령 에너지까지 완벽하게 감춰주는 도구였다.

……미스미스 대장의 말마따나 황청의 발명품일 것이다.

……성령 연구는 황청에서 훨씬 더 발전됐으니까.

성령을 금기시하는 제국에서는 연구도 제한되어 있었다.

한편 네뷸리스 황청은 과연 「마녀의 낙원」다웠다. 황청의 성령 에너지 연구는 세계의 다른 어느 나라와 비교해도 압도적으로 진보된 것 같았다.

"미스미스 대장님? 정말로 중립도시 에인에 가셔도 되겠어요?"

"응. 왜냐하면———."

조수석에 기대어 앉은 조그만 여대장.

차창으로 들어오는 바람에 휘날리는 앞머리. 그녀는 지금 제국 전투복이 아니라 긴팔 셔츠와 긴 바지를 입고 있었다.

성문을 숨기기 위해서인데, 노출이 적은 만큼 평소보다 좀 어른스러워 보였다.

"현재 내가 있을 수 있는 곳은 중립도시밖에 없으니까."

제국 안에 마녀가 존재한다는 사실이 들통나면 처형될 것이다.

그런데 또 네뷸리스 황청에서는 제국의 첩보원으로 몰릴 것이다.

기댈 곳이 없었다. 지금 미스미스 대장은 세계의 양대 대국 중 어디에도 갈 수 없는 어중간한 상태였다.

"중립도시에서는 마음이 편해질 것 같아. 성문을 들켜도 괜찮을 테고…… 아~ 응, 그래. 제국에서 자수해서 투옥당하는 것보다는 차라리 중립도시로 도망치는 게 나으려나."

"———."

자학적인 농담이었다.

그걸 알면서도, 이스카는 대답할 말을 찾지 못했다.
……그게 사실이니까.
……그것은 미스미스 대장이 가장 안전하게 살 수 있는 방법이었다.
하지만 미스미스의 처지가 그걸 허락지 않았다. 미스미스의 부모님은 제국에 살고 계시고, 친구도 거의 다 제국에 있었다. 자기 혼자만 제국 밖으로 나올 수는 없었다.
게다가 가장 큰 이유는——.
미스미스가 여전히 제907부대의 대장으로 남고 싶어 한다는 것이었다. 이스카는 그 마음을 알고 있었다.
"대장님."
"왜~?"
"나도 네네도 진도 대장님 편이에요. 그러니까 대장님도 기운 내세요."
"…………."
침묵.
바람 부는 소리에 섞여서.
"……아이참."
한 방울. 여대장은 눈꺼풀에서 배어나온 물방울을 손끝으로 쓱 닦아냈다.
"누나를 울리지 말아줘. 나 이런 거에 약하단 말이야."
——중립도시.

저 머나먼 지평선 위로 황야에서 발전한 도시가 보이기 시작했다.

4

약 100년 전.

단일 요새 영역 「천제국(天帝國)」──.

이 「제국」이라 불리는 대국이 세계의 패권을 쥐고 있었다. 전 세계 국가의 60퍼센트 정도를 속국으로 삼은 제국의 영화는 정점에 달해 있었다.

그러나 어느 날.

제국은 「별의 비밀」을 알게 되었다.

──별의 중추에서 솟아나는 미지의 에너지 『성령』.

성령은 인간에 빙의해서, 옛날이야기에나 등장하는 마법 같은 능력을 주었다. 소녀나 여성은 「마녀」로, 소년이나 남성은 「마인」으로 만들어주는 능력을.

그런데 그 힘은 **지나치게 강했다**. 대형 병기의 위력조차 능가하는 성령술. 그 힘을 두려워한 제국 주민들은 성령을 지닌 자들을 박해하기 시작했다.

한편 성령을 지닌 자들도 계속 박해만 당하고 있지는 않았다.

시조 네뷸리스가 많은 동료들을 데리고 제국에 대항하여 새로운 국가 『네뷸리스 황청』을 건국한 것이다.

마녀와 마인을 근절하려고 하는 제국.
이 제국에 대한 복수심을 불태우는 네뷸리스 황청.
세계 양대 강국의 싸움은 100년이 지난 오늘날에도 여전히 그칠 기미가 보이지 않았다.
"……그런데."
중립도시 에인.
한 소녀가 도시의 광장을 둘러봤다. 가벼운 양산을 쓰고 서 있는 그 모습은 매우 단아하고 기품이 있었다.
"이곳은 평화롭구나. 총성도 화약 소리도 모르는 사람들만 있나 봐. 부러워."
100년에 걸쳐 제국과 네뷸리스 황청의 전쟁이 벌어지는 가운데 어느 진영에도 가담하지 않은 도시. 이곳에 사는 사람들에게는 웃음과 활기가 가득했다.
"정말 멋져."
앨리스는 거리의 악사들이 연주하는 음악을 들으면서 양산을 접었다.
"앨리스 님, 양산은 안 쓰셔도 되나요?"
"산책하러 온 게 아니니까. 사람 찾으러 왔는데 양산을 쓰고 있으면 방해되잖아?"
시종인 린에게 양산을 건네줬다.
……내리쬐는 햇빛이 강하긴 했지만, 어쩔 수 없었다.
……양산을 쓰면 **그 사람**도 나의 존재를 눈치채지 못할지도 모

르니까.

광장을 둘러보면서 관광객들의 얼굴을 자세히 살펴봤다.

"린."

"네."

"벌써 사흘째야. 이게 어떻게 된 걸까?"

만나고 싶어.

오직 그와 만나기 위해서 앨리스는 지난 3일 동안 머나먼 황청에서 여기까지 왔다.

그런데. **내가 만나고 싶은 이스카는 왜 없는 거야**?!

"어제도 엇그제도. 내가 얼마나 애써서 왕궁 스케줄을 조정해서 여기까지 왔는데. 왜 이스카는 안 오는 걸까? 전에는 여기에 오기만 하면 반드시 그를 발견할 수 있었는데."

"그게 이상했던 거죠."

"……나도 알아."

당연하다는 듯이 대답하는 린. 앨리스는 실망하여 뾰로통한 표정을 지었다.

나도 알았다.

자신은 황청의 공주이고, 이스카는 제국 병사다. 출신도 입장도 전혀 다른 두 사람이 두세 번씩이나 만난 것은 천문학적 확률의 사건이었다.

……하지만. 그래도.

……그렇다 해도 만날 수 있을 거란 느낌이 들었다. 그래서 나

는 여기에 온 것이다.

그와의 인연은 끊어지지 않았다.

볼텍스――아무리 강력한 성령이라도 결코 끊을 수 없는 강한 운명으로 우리는 연결되어 있다. 앨리스는 그렇게 믿었다.

"린, 너도 중립도시에 오는 것에 찬성했잖아?"

"네. 하지만 그 검사가 볼텍스 분출에 휘말려 목숨을 잃었을 가능성도――."

"아니, 살아 있어."

앨리스는 끝까지 듣지도 않고 고개를 가로저었다.

"이스카는 살아 있어. 그리고 나와 결판을 낼 거야."

"……앨리스 님께서 그리 말씀하신다면, 그런 거겠지요."

"아무튼지. 어제, 엊그제는 둘이서 같이 찾아다녔잖아? 오늘은 따로 찾아보자. 내가 이 큰길 쪽을 찾아볼게."

"알겠습니다. 저는 광장과 입구 사이를 살펴볼게요."

"이스카를 발견하면 당장 연락해줘, 알았지?"

앨리스는 공손하게 인사하는 린에게 그런 한마디를 남기고 재빨리 걸음을 뗐다.

빠르게 떠나가는 주인.

금빛 머리카락을 나부끼는 그 뒷모습조차도 아름다웠다. 이건 절대로 린 혼자만의 감상이 아닐 것이다.

"실은 영원히 발견되지 않는 것이 가장 이상적이지만."

친애하는 주인의 뒷모습을 끝까지 바라본 뒤, 린은 조그맣게 한숨을 쉬었다.

"앨리스 님은 한번 말을 꺼내면 결코 뜻을 굽히지 않으시니까……."

이례적인 일이었다.

주인인 앨리스가 제국 병사 하나에게 이토록 집착하다니.

빙화의 마녀. 그런 별명으로 불리면서 제국 사람들에게 괴물 취급을 당하고 있다는 사실은 앨리스도 당연히 알고 있었다.

"제국 따윈 질색이야."

"내가 제국을 쓰러뜨릴 거야. 성령술사가 안심하고 살 수 있는 세계를 만들기 위해서."

몇 번이나 그런 꿈을 이야기하셨을까.

그것이 린에게는 삶의 보람이었다. 앨리스 옆에서 오른팔로 활약하면서 세계통일을 해내는 것이 린의 꿈이기도 했다.

그랬는데——.

"이스카는 살아 있어. 그리고 나와 결판을 낼 거야."

린이 느끼기에는 아무래도 그 목적이 조금씩 변하고 있는 것 같았다.

「제국을 타도하자!」가 아니라 「이스카를 타도하자!」로.

게다가 이스카를 미워하는 것도 아니었다. 그와의 싸움에 자신의 존엄을 걸고 있는 것처럼 보이기도 했다.

……안 됩니다, 앨리스 님.

……원래 당신은 일개 제국 병사 따위는 상대하면 안 되는 분이십니다!
여왕이 되실 분이다.
그런데 제국 병사 하나 때문에 마음이 흐트러지다니. 그 자체가 용납할 수 없는 일이다.
네뷸리스 황청도 그리 튼튼하지는 않다. 네뷸리스 3대 혈족의 다른 왕위 계승권자들도 호시탐탐 옥좌를 노리고 있었다.
가면 경을 위시한 조아 가문.
특별한 움직임은 보이지 않지만, 히드라 가문도 마찬가지였다.
게다가 앨리스의 친언니와 친동생도 콘클라베(여왕 성별 의식)에 대비해 세력을 키우고 있었다.
"앨리스 님. 이 상황에서 제국 병사에게 집착하시면 안 됩니다. 지금은 앨리스 님의 지지자를 확보해서 힘을 비축해야 할 때입니다."
그러니까.
"제국 검사 이스카와의 인연은 여기서 제가 없애도록 하겠습니다."
주인에 대한 지극한 충성심 때문에.
시종은 그렇게 말했다. 스스로에게 확인시켜주듯이.

5

꽃피는 예술.

중립도시는 제국과 황청의 전쟁을 싫어하는 예술가들을 적극 수용하여, 미술과 음악 등 다양한 문화를 발전시켜왔다.

이 도시 에인은 오페라의 도시였다.

길거리 악사들이 즉흥적으로 음악을 연주하면 관광객들은 귀를 기울인다. 이 평화로운 광경을 보기만 해도 마음이 깨끗해지는 느낌이 들었다.

"앨리스가 좋아하는 도시란 말이지……."

강하게 내리쬐는 햇빛 아래에서.

이스카는 그늘진 벤치에 앉아 광장 중앙 분수를 바라보고 있었다.

"그런데 대장님. 괜찮으세요?"

"……헉?! 어, 어라……? 나, 혹시 졸았어?"

옆에 앉아 있는 여대장이 눈을 번쩍 떴다.

대장은 앉아서 꾸벅꾸벅 졸다가 이스카에게 기대었다. 그대로 풀썩 쓰러질 기세였으므로, 그 전에 이스카가 상대를 받쳐줬다.

"미, 미안해! 어, 나, 나 괜찮았어? 저, 저기…… 혹시 잠꼬대 안 했어?!"

"조금 하셨어요. 하나도 알아들을 수 없는 미지의 언어로."

대장은 평범하게 천천히 잠든 것이 아니었다. 마치 기절한 것처럼 급격히 잠들었기 때문에 이스카가 불안해했을 정도다.

……어제는 잠을 거의 못 잤나 보다. 그 반동인가.

……여기서 좀 쉬었으면 다행일 텐데.

진이 말했듯이 이중 충격을 받았을 것이다.

자기 자신이 마녀로 변했고.

진짜 말도 안 되는 특무의 작전 내용까지 들었다. 그래서 긴장할 대로 긴장했는데, 제국 밖으로 나오자 긴장이 일시에 탁 풀린 것이리라.

"좀 더 주무셔도 돼요. 내가 옆에서 봐줄게요."

"아, 아니야! 부끄러우니까 됐어. 나도 어른이고 숙녀야. 남자 앞에서 무방비하게 잠자는 얼굴을 보여줄 수는 없어."

"숙녀가 어린이 요금을 내고 영화관에 들어가요……?"

"그건 불가항력이었어. 매표소에 갔더니 직원 아줌마가 『아유, 귀여운 꼬마 아가씨네?』 하고 50퍼센트 할인권을 줬단 말이야."

아직도 어린이 요금을 내고 영화관에 들어갈 수 있는 스물두 살 여성.

그런데 네네의 평가에 의하면 "대장님은 가슴과 엉덩이는 빵빵한 어른"이기도 하다. 조그만 몸과는 어울리지 않게 한껏 성숙해진 가슴과 허리 부분은 어찌 보면 「평범한 어린아이」보다도 훨씬 더 위험한 매력을 지닌 것일지도 모른다.

"좋아, 이제 기운 났어!"

미스미스 대장이 벤치에서 벌떡 일어났다.

쑥스러운지 빙글 돌아서더니 말을 이었다.

"정신 차려야지. 나 잠시 산책하고 올게. 음료수도 사 올 테니까 이스카 군은 여기서 기다려, 알았지?"

대장은 대답도 듣지 않고 자그만 몸을 빠르게 움직여 멀리 뛰어가 버렸다.

벤치에는 이스카 혼자 남았다.

광장은 가족들과 커플들로 붐볐는데, 그중 대부분은 분수 주위에 모여 있었다. 이렇게 나무 그늘에서 쉬고 있는 사람은 많지 않았다.

"역시 대장님을 제국 밖으로 끌고 나오길 잘했어."

네네가 제안했고.

의욕 없는 대장의 등을 진이 강하게 떠밀었고.

이스카가 억지로 끌고 나왔다. 그야말로 부대 합동 작전이었다.

"수면부족 문제도 조금은 해결된 것 같으니까. 저녁밥도 여기서 먹고, 기운 좀 차리면…… 제도에 돌아가서 다음 일을 처리해야지."

진과 네네는 별개 행동 중이었다.

이곳에 없는 그 두 사람은 지금쯤 미스미스 대장의 성령 반응을 억제할 방법을 검토하고 있을 것이다.

특무 연습이 바로 내일모레로 다가왔다. 오늘내일 중에 성문 문제를 어떻게든 해결하지 않으면 특무에 참가하는 것 자체가 몹시 위험해질 것이다.

"황청에 침입해서 여왕을 붙잡는다……."

애초에 순혈종을 붙잡는 것은 이스카의 개인적인 목표였다.

성공하면, 평화 협상이라는 아주 크나큰 목적을 달성할 발판이 마련될 것이다.

순혈종은 네뷸리스의 왕족. 단 한 명이라도 붙잡는다면, 제국의 평화 협상 제의에 황청이 응해줄 가능성은 충분히 있었다.

그러나——

네뷸리스 여왕은 너무 과하다.

……여왕을 붙잡는다면.

……제국이, 특히 그 팔대사도가 여왕을 그냥 석방해줄 리 없다.

전쟁이 더욱 격렬해질 것이다.

여왕을 되찾기 위해 황청은 모든 병력을 투입할 것이다.

그동안 쭉 견제만 하다가 이제는 양국이 멸망할 때까지 끝나지 않는 피 튀기는 섬멸전을 펼치게 될 것이다. 그것은 이스카가 가장 두려워하는 별의 종말이었다.

"아아, 젠장. 팔대사도 녀석들. 그럴 줄 알았어……!"

"평화를 원하는 자네의 마음은 우리도 이해하네."

이해는 한다.

하지만 그런 평화로운 방향으로 나아갈 생각은 애초부터 하지도 않았다. 팔대사도는.

제국 상층부뿐만이 아니다. 네뷸리스 황청도 마찬가지였다. 100년 동안이나 지속된 복수의 불꽃은 지금도 그 나라에서 활활 타오르고 있었다.

"…………알고는 있었지만."

벤치에 앉은 채 하늘을 우러러봤다.

"정말 쉽지 않구나. 가시밭길이야."

대장이 마녀로 변했다는 사실을 어떻게 숨겨야 하나?

팔대사도가 제시한 특무에 실패하면 살아 돌아오지 못한다.

그런데 또 특무를 수행하다가 만에 하나, 억에 하나 진짜로 네뷸리스 여왕을 붙잡는 데 성공한다면 최악의 미래가 눈앞에 펼쳐질 것이다.

특무 결과가 어떻게 되든지, 미래는 이스카가 원하는 대로 되지 않을 것이다.

"……아니, 내 우려가 지나친 건가."

냉정해져야 해.

내가 지나치게 비관하고 있을 가능성도 있어.

절망적인 상황이긴 하지만, 전에 시조 네뷸리스의 습격도 어떻게든 막아냈으니까.

상황은 시시각각 변한다. 그러니까 그때그때 자신의 신념을 관철시키는 것을 최우선으로 생각해야 할 것이다.

"앨리스와 싸울 때에도 그랬으니까……."

"나를 사로잡을 수 있으면 잡아봐."

"앨리스, 너야말로 마음껏 나를 쓰러뜨려봐. 너의 목표인 세계통일을 위해서."

전장에서의 적.

불과 물처럼 서로 섞이지 못하는 존재. 그건 이미 확인했다.

하지만 그때, 그 순간──.

나와 앨리스는 서로 통했다고 생각한다. 상대의 꿈을 무시하지 않고 인정하면서 서로 충돌했던 것이다.

우리 둘만의 전장.

거기서 승리한 사람이 세계를 혁신할 권리를 손에 넣는다.

……만약 팔대사도나 기구 사령부 같은 방해물이 존재하지 않는다면.

……그래서 앨리스와의 결투 결과만으로도 황청과의 관계가 깨끗이 해결된다면 얼마나 속이 시원할까.

아니, 불가능하다.

그런 달콤한 꿈이 이루어질 리가────.

"휴. 역시 덥네. 양산을 린에게 주지 말걸 그랬나."

그 순간, 이스카가 있는 그늘 속으로.

한 소녀가 걸어 들어왔다.

"아아, 너무 많이 걸어서 다리가 굳어버렸어. 이렇게 열심히 찾아다니는데도 이스카가 없다니…… 정말로 지금까지 만난 게 다 우연에 불과했던 걸까?"

연한 금빛 머리카락이 눈에 띄는 소녀였다.

당당하고 기품 넘치는 루비 같은 눈동자.

단정한 이목구비와 혈색 좋은 입술의 붉은색이 아름다워 보였다. 날씬한 스타일의 원피스가 몸에 달라붙어 빼어난 몸매를 드러내주었다.

그 소녀가 여기까지 걸어오더니.

"실례합니다. 이 벤치에 같이 앉아도 될까요?"

"……앨리스?"

"어?"

소녀는 벤치에 앉아 있는 이스카의 얼굴을 말똥말똥 바라봤다. 햇살이 너무 눈부셔서. 이스카를 잘 인식하지 못했나 보다.

약 몇 초 후.

"이스카――――――――?!"

금발 소녀가 광장이 떠나가라 소리를 질렀다.

처음에는 놀란 표정이었다. 그러나 점점 그 얼굴이 빛나는 것처럼 확 밝아졌다.

"드디어 찾았다!"

"……? 나를 찾았다고? 애초에 숨은 적도 없는데?"

"아니, 넌 이해 못 해! 내가 지난 사흘 동안 얼마나 열심히 너를 찾아다녔는지 알아? 들어보면 깜짝 놀랄 거야!"

"나를 찾아다녔다고?"

"…………앗."

이쪽을 향해 손가락질하는 자세 그대로 굳어버린 앨리스.

정적. 이어서 앨리스는 좀 부끄러워하면서 손가락을 내렸다.

"아, 아무것도 아니야."

"정말?"

"다, 당연하지! 그보다도…… 저, 저기…… 아아, 할 말은 잔뜩 있었는데, 방금 너 때문에 다 잊어버렸잖아!"

그건 내가 할 말이었다.

이스카는 눈앞에 있는 앨리스에게 들키지 않도록 살며시 자기 가슴에 손을 댔다. 손으로 누르지 않으면 두근두근 심장 소리가 앨리스에게 들릴 것 같았다.

묘한 긴장감. 이렇게 몸이 저절로 굳어져버리는 이유가 뭘까.

……처음 여기서 만났을 때의 느낌과 비슷했다.

……볼텍스에서 튕겨져 날아간 이후로 처음 만나서 그런가?

그동안 서로의 생사를 알 수 없었다.

그래서일까? 굉장히 오랜만에 재회한 것 같았다.

"……어, 저기."

무슨 말을 하면 좋을까. 그 순간 아무것도 떠오르지 않았다. 머뭇거리는 이스카의 눈에 문득 자신이 앉아 있는 공공 벤치가 눈에 띄었다.

3인용 벤치. 지금은 이스카 혼자 앉아 있으니까 빈자리가 두 개 있었다.

"앉을래?"

큰길에서 돌아다니다가 겨우 광장에 도착해 그늘에서 좀 쉬려고 온 것이리라. 소녀의 뺨은 열이 올라 상기되어 있었다.

"……안 앉을래. 우리는 적이잖아. 같은 벤치에 앉다니. 린에게 들켰다간 또 혼날 거야."

"그럼 내가 일어날게."

"앗——."

놀라서 입을 반쯤 벌리는 앨리스. 그 앞에서 벌떡 일어났다.

자, 앉아.

텅 빈 벤치를 가리키며 살짝 고개를 끄덕였다.

……우리는 적이지만, 여긴 중립도시니까.

……지친 소녀를 계속 서 있게 할 수는 없었다. 내 마음이 불편해서.

"자, 잠깐만! 알았어. 나 때문에 괜히 배려할 필요 없어. 너하고는 대등하게 지내고 싶으니까…… 나 앉을게. 너도 거기 앉아."

앨리스는 얌전히 자리에 앉더니.

빈자리를 향해 눈짓했다.

"어때? 이러면 되지?"

"——좋아."

이스카는 아까 앉았던 자리에 다시 앉았다.

3인용 의자. 둘 사이에 1인분 공간을 띄워놓고 앉아서 각자 광장 분수를 바라봤다.

"…………."

"…………."

"……안심했어. 그 후로 통 보이지 않아서 신경 쓰였는데."
희미한 목소리.
광장에 부는 산들바람에 실려 날아갈 정도로 작은 목소리로 앨리스가 그런 말을 했다.
정말로 조그만 목소리였다.
이스카가 그 말을 알아들은 것은 운 좋게 바람이 이쪽으로 불었기 때문일 것이다.
"심하게 다치진 않았지?"
다소 강한 말투.
이번에는 분명히 들으라고 하는 말이었다.
"난 아직 너와 결판을 내지 못했어. 그때 네가 심한 부상을 당해서 나을 때까지 1년이나 걸린다……고 하면 내 입장도 곤란해지잖아?"
"아니, 난 안 다쳤어. 앨리스, 너야말로 멀리 튕겨져 날아가지 않았어?"
"나? 나, 난 보다시피 멀쩡해!"
이스카가 걱정해줘서 기쁜 걸까.
앨리스는 기합이 좀 들어간 태도로 가슴을 활짝 펴고 씩씩하게 말했다.
"그나저나 신기하네. 설마 이런 곳에 있을 줄은 몰랐어."
"신기하다니, 뭐가?"
앨리스하고는 벌써 몇 번이나 여기서 마주쳤다. 중립도시 에인에 자신이 있는 것은 그다지 신기한 일도 아닐 텐데.
"이 광장 벤치에 앉아 있었던 게 신기하다는 거야."
"……아, 그래. 하긴 그런가."
앨리스의 지적을 받고 그제야 깨달았다.
자신이 벤치에서 쉬다니. 그건 이스카 시점에서 본다면 마치 사도성 네임리스가 여기서 휴식하는 것과 비슷할 것이다. 즉, **있을 수 없는 일이다**. 넘치는 체력을 자랑하는 사도성이 시내에서 잠시 돌아다녔다고 어디 앉아서 쉴 필요가 있겠는가.
"있잖아. 피곤해서 쉬고 있었던 거 아니지?"
"…………."
"나에게는 말해줄 수 없어?"
"아니야. 그냥 생각 좀 하고 있었어."
벤치 뒤에 있는 나무. 하늘의 햇빛을 가려주는 그 잎사귀를 쳐다보면서 말을 이었다.
"볼텍스 사건 이후로 이쪽에서도 이런저런 일이 있었거든. 그래서 계속 고민했고. 오늘도 마찬가지야."
"제국의 기밀 작전 때문이니?"
"응, 그것도 문제야. 내용은 말할 수 없지만."
"나도 알아. 그걸 캐물을 생각은 없어."
상대의 말을 듣고 순순히 고개를 끄덕였다. 이스카가 생각한 대로 앨리스는 희미한 쓴웃음만 지을 뿐이지 더 이상 추궁하지는 않았다.

"그럼 나머지 하나는 뭔데?"

"나머지 하나?"

"『그것**도** 문제야』라고 했잖아. 고민거리가 하나가 아니란 거지?"

"――――."

고민 중 하나는 특무에 관한 것이었다.

그런데 개인적으로 그보다 더 신경 쓰이는 것은 대장님이었다.

……생각해본 적이 없었다.

……미스미스 대장님이 성령술사가 되었다는 것을. **앨리스가 안다면, 어떻게 될까**?

제국 병사가 성령을 얻었을 때, 성령술사 왕녀는 과연 어떤 반응을 보일까. 그것은 이스카의 순수한 의문이었다.

물론 결코 말할 수 없는 비밀이지만.

"그냥 개인적인 거야. 적어도 제국의 작전과 관련된 문제는 아니야."

"어머? 그게 뭔데?"

단정하게 앉아 있던 앨리스가 자세를 무너뜨리면서 이쪽으로 몸을 기울였다.

흥미진진.

호기심으로 눈을 반짝반짝 빛내는 친근한 표정이었다.

"뭐야, 뭔데? 말해봐. 너 원래 그렇게 고민 많은 타입이었어? 제국의 작전이 아니라면 나한테 가르쳐줘도 되지 않아?"

"……말할 수 없어."

"걱정하지 마. 난 입이 무거운 편이거든. 비밀은 오직 린한테만 말해."

"입이 깃털처럼 가볍잖아?!"

안 되겠다.

세계 양대 강국의 왕녀라곤 해도 아직 열일곱 살이다. 소문도 좋아하고 수다도 잘 떠는 소녀인가 보다.

"아니, 궁금한 걸 어떡해. 우리 사이에서 뭘 감추려고 그래?"

"우리 사이? 적이잖아?"

"적이지. 하지만 지금 여기서는 휴전 상태야."

아마 무의식적인 행동일 텐데. 앨리스가 앉은 채 이쪽으로 몸을 쑥 내밀고 있었다. 서로의 거리가 좁아지고, 앨리스가 밑에서 눈을 곱게 치뜨면서 이쪽을――――.

"말해 봐, 응?"

"앨리스 님."

"꺄아아악?!"

금발 머리 소녀가 펄쩍 뛰었다.

그리고 등 뒤에서 소리 없이 몰래 다가온 갈색 머리 소녀를 돌아봤다.

"리, 린?! 오, 오해야, 아무 일 없었어!"

"……아무 일 없었던 것치고는 너무 가까이 붙어 계시는데요."

"이건 이스카 탓이야!"

"왜 내 탓이야?!"

앨리스가 자기에게 삿대질을 하자, 이스카도 반사적으로 벌떡 일어났다.

앨리스의 시종 린. 볼텍스에 뛰어들었던 앨리스와는 달리, 이 소녀는 뮈드르 협곡에서 이스카와 만나지 않았다. 그러니까 몇 주 만에 만난 것이었다.

"……역시 살아 있었구나. 제국 검사."

대놓고 얼굴을 찌푸리는 소녀 시종.

숨기려고도 하지 않는 적개심. 제국 병사를 대할 때에는 그게 당연한 반응이었다.

"아무튼. 앨리스 님, 어디 계시나 찾아다녔습니다. 양산도 놔두고 가셨으니 어디선가 쉬고 계실 거라고 생각했는데요. 마침 딱 좋은 곳에 계셨네요."

왼손에 든 가방에서 주스 캔을 꺼내는 린.

두 캔. 린과 앨리스가 먹으려고 준비했나 보다. 그런데 시종은 주인에게 주스 캔을 건네주더니, 두 번째 캔을 이스카의 가슴팍을 향해 내밀었다.

"……받아."

"?"

"네 몫이다. 앨리스 님의 관대한 배려라고 생각해라."

퉁명스런 표정의 소녀. 나이프를 쥐는 것처럼 캔을 꽉 쥐고 있었는데, 일단 이걸 「너에게 주겠다」는 뜻인 듯했다.

"자, 어서 받아."

"……고맙습니다."

뜨거운 손바닥에 닿은 주스 캔의 냉기가 기분 좋게 느껴졌다.

"어머? 린. 센스 있네?"

"적에게 관용을 베푸는 취미는 없습니다만. 여긴 원래 그런 장소니까요."

얼른 주스 캔을 따서 마시는 앨리스.

그 모습을 본 이스카도 손안의 주스 캔을 따서 입에 댔다. 탁 쏘는 새콤한 냄새가 콧구멍을 간질였다.

"사과인가? 독특한 냄새네."

"레몬애플이야. 제국에는 없니?"

"어, 잘 모르겠어. 나도 과일 종류를 잘 아는 편은 아니거든."

주스에 입을 대면서 대답했다.

……그러고 보니 미스미스 대장님. 안 오시네.

……산책하러 간 이후로 돌아오시질 않는데.

이스카의 뇌리에 떠오른 것은 앳된 여대장의 얼굴이었다.

너무 늦어. 무슨 일이라도 생겼나?

이를테면 왼쪽 팔의 성문이 들통나서 소동이 생겼다든가.

또는 대장에게 깃든 성령이 폭주해서 성령술이 발동되는 바람에 도시 경비대에게 포위되었다든가.

둘 다 현재의 대장에게는 충분히 있을 수 있는 일이었다.

"이스카."

"응?"

"너 또 딴생각 하고 있었지? 멍~ 하던데."

먼저 주스를 다 마신 앨리스가 이스카의 얼굴을 들여다봤다.

"저기. 뭐가 그렇게 신경 쓰이는 거야?"

"……비밀이야."

"제국의 작전과는 상관없는 일이랬잖아? 뭐 어때, 그냥 가르쳐줘."

"나도 말할 수 없는 비밀이 한두 개쯤은――."

있어.

그렇게 말하려고 했는데, 마지막 말을 하지 못했다.

……어라?

……뭐야.

몸이 움직이지 않았다. 힘이 쭉 빠지면서 무릎이 꺾일 뻔했는데, 황급히 벤치에 앉아 간신히 쓰러지는 것은 면했다.

그러나 그게 한계였다.

일어날 수 없었다. 옆에 있는 두 소녀를 쳐다볼 수도 없었다.

"이스카? 이스카, 왜 그래?"

"…………."

딸캉. 손에서 미끄러져 떨어진 캔이 바닥 위로 굴러갔다.

머릿속이 새하얘지면서――.

이스카는 벤치 위에 쓰러져 의식을 잃었다.

6

독이 들어 있었다.

캔 주스에 포함된 미량의 독. 이스카가 그것을 눈치채지 못했던 이유는 두 가지였다.

첫째, 아직 돌아오지 않은 상사의 안부에 정신이 팔려 있었기 때문이다. 주스 맛이 좀 이상해도, 독극물이 섞여 있을 가능성까진 떠올리지 못했다.

그리고 둘째, 앨리스가 비열한 짓을 할 리 없다고 믿었기 때문이다.

그것은 이스카의 실수였다.

독을 섞은 장본인은 앨리스가 아니라 앨리스의 소녀 시종이었으므로.

"이스카? 이스카, 왜 그래?!"

벤치에 옆으로 쓰러진 채 움직이지 않았다.

눈을 감고 있었다. 대답이 없었다. 앨리스가 보기에도 이건 정말로 이상했다.

……뭐야?

……도대체 무슨 일이 일어난 거야?!

흔들어도 반응이 없었다.

약하게 숨은 쉬고 있으니까 죽지는 않았을 것이다. 그런데 제국 최고의 검사가 이렇게 갑자기 쓰러지다니, 어찌 된 일일까?

"앨리스 님, 죄송합니다……."

아연실색한 말투로.

눈을 크게 뜨고 부들부들 떨면서 그렇게 말한 사람은 앨리스의 시종이었다.

"린……?"

"……독 때문입니다. 제가 이 음료수에 수면제를 넣었습니다."

"뭐라고?!"

자기는 그런 명령은 내리지 않았다.

린, 왜 네 마음대로 그런 짓을――그렇게 시종의 독단을 강하게 나무라야 할 테지만, 이곳은 공공장소다. 그래서 앨리스는 꾹 참았다.

"애, 앨리스 님, 오해하지 말아주세요……!"

린은 다급히 고개를 흔들었다.

자신이 독을 넣었다. 그렇게 자백했으면서 왜 이렇게 당황하는 걸까.

"좋아, 설명해봐."

"이 검사라면 당연히 독이 든 음료는 마시지 않을 거라고 생각했습니다. 제가 섞은 독에서는 약간의 신맛이 납니다. 실제로 그는 그걸 눈치챘고요."

——사과인가? 독특한 냄새네.

그러고 보니.

앨리스는 그 말뜻을 잘못 이해했지만. 이스카가 아까 분명히 그런 말을 했었다.

"애초에 제가 준 음료수 따윈 먹지 않을 거라고 생각했습니다."

"……그럼 왜 독을 사용한 거야?"

"『황청이 독을 사용했다』. 그런 사실만 있으면 충분했으니까요."

쓰러진 소년을 내려다보는 린.

"솔직히 말씀드리겠습니다. 우리 황청 측이 독을 사용한다면, 이 검사도 이제는 앨리스 님을 위험하게 여길 거라고 판단했습니다. 그럼 중립도시에서 마주쳐도 쉽게 말을 걸지 못할 거라고 생각했어요."

"……! 린, 설마……!"

"저는 앨리스 님과 이 검사와의 잘못된 관계를 끝내버리고 싶었습니다. 왜냐하면 앨리스 님은 우리나라의 여왕이 되셔야 할 분이니까요."

"…………."

"제국의 일개 병졸을 상대하실 여유는 없습니다. 앨리스 님이 이렇게 나라 밖으로 외출하시는 동안에도 콘클라베 경쟁자들은 호시탐탐 기회를 노리며 힘을 비축하고 있어요."

대꾸할 말이 없었다.

진정 차기 여왕을 목표로 한다면. 이 시종이 제안한 태도는 틀림없는「정답」일 것이다. 그 정도로 황청 내부의 경쟁은 치열했다.
우선 현재 여왕의 혈통인 루 가문에도 앨리스의 언니인 일리티아와 동생인 시스벨이 있었고.
또 나머지 두 혈족——.

"별은 분노로 가득 차 있다."
"성령의 힘으로 제국을 멸망시켜야 해. 그런데 현재 여왕의 태도는 너무 미적지근해."

가면 경을 위시한 조아 가문.
뚜렷한 움직임은 없지만, 히드라 가문도 마찬가지였다.
여왕이 되기 위해서는 우선 루 가문 세 자매의 대표가 되어야 하고, 그다음에는 조아 가문과 히드라 가문과의 콘클라베에서 이겨야 한다.
"그런데 설마 진짜로 걸려들 줄이야……."
덫을 놓은 장본인인 린이 오히려 놀란 표정으로 눈앞에 잠들어 있는 소년을 내려다보면서 중얼거렸다.
"심지어 아주 편안하게 잠들어 있는 게 신경에 거슬리네요."
"응. 잘 자네. 여유로워 보여……."
벤치에 누워 있는 소년.
수면제가 강력해서 그런가?
아니면 그의 여유로움이 잠잘 때에도 드러나는 걸까?

옆에서 지켜보는 앨리스와 린의 독기가 저절로 빠질 정도로 그의 옆얼굴은 평온해 보였다. 자는 척하는 게 아닐까? 하는 의심이 들 정도였다.

"……의외의 결과네요. 이럴 줄 알았으면 처음부터 수면제 말고 맹독을 넣을걸."

"린!"

무서운 소리를 하는 시종을 나무랐다.

……어휴, 진짜!

……이러면 이스카는 내가 독을 사용했다고 생각할 거 아냐?

다행히 평범한 수면제였지만.

그래도 그가 눈을 떴을 때 뭐라고 변명하면 좋을지 모르겠다. 이스카가 과연 나를 용서해줄까?

"앨리스 님, 신경 쓰실 필요 없습니다."

"아니야, 린. 그게 아니야. 나는……."

린이 굳이 일깨워주지 않아도 알고 있었다.

그래.

″중립도시에서 너와 만난 이후로 내 안에서 이상한 망설임이 생겨나고 말았어.″

″공주로서는 실격이지. 그래서 오늘은 그것을 깨끗이 없애버릴 생각으로 왔어.″

앨리스는 그에게 특별한 감정을 품고 있었다. 그건 스스로도 인정한다. 감정의 정체가 뭔지는 몰라도, 처음 중립도시에서 만났을 때부터 쭉 그랬다.

왕궁에 있을 때에는 언제나——.

식사를 할 때에도, 밤에 잠잘 때에도. 그의 음성과 모습이 늘 머릿속에 박혀 있었다.

자신이 계속 네뷸리스 황청의 공주로서 살아가는 데에는 이 묘한 감정이 불필요하다는 것은 스스로도 알고 있었다. 그것을 없애기 위해서라도 그와 결판을 내야 했다.

그런데————.

"아, 진짜. 린, 어쩔 거야? 나 마음이 정말로 불편하거든?!"

"해결책은 하나밖에 없습니다."

"뭔데?"

"끌고 갑시다."

린이 그의 몸을 안아 일으켰다.

자기보다 더 큰 남성을 가볍게 안아 일으키다니, 역시 대단해. 아니 그런데 문제는.

"무, 무슨 소리야?! 린, 잠깐만. 끌고 간다고……? 어디로?!"

"황청입니다. 전직 사도성이니까요. 귀중한 포로입니다."

진심으로 귀를 의심했다.

중립도시에서 상대에게 독을 먹인 것도 모자라서 끌고 간다고?

"아무도 우리에게는 신경 쓰지 않아요. 놀다가 지쳐 잠들어버린 친구를 도와주는 여자 두 명. 그렇게 보일 겁니다."

들키지만 않으면 된다. 이곳이 중립도시여도, 목격자만 없으면 황청이 이런 짓을 했다는 사실은 들통나지 않을 것이다.

물론 린의 그 의도는 이해가 갔다.

그러나 네뷸리스 황청의 공주는 그것을 가벼이 보아 넘길 수 없었다.

"진심으로 하는 말이야?! 안 돼. 중립도시에서는 남에게 해를 끼쳐선 안 돼."

"이미 해를 끼쳤는데요?"

린이 이스카를 끌어안고 걸음을 뗐다.

"그게 아니라. 황청에 끌고 갔다가는……."

고문, 종신 금고.

전직 사도성이니까 어쩌면 가둬놓는 것조차 위험하다는 판단하에 처형될지도 모른다.

……안 돼. 그런 것은 용납할 수 없어.

……나와 그의 관계가 이런 식으로 끝난다고? 인정할 수 없어!

"린, 안 돼. 이건 내 명령이야! 황청, 특히 중앙주(州)에는 절대로 그를 데려갈 수 없어. 너도 한번 생각해봐. 만약 이스카가 탈주하기라도 하면 큰일 날 거야. 왕궁도 바로 코앞에 있잖아."

필사적으로 머리를 굴렸다.

린을 말릴 구실을 찾으려고 죽을힘을 다해 생각했다.

"중앙주에서 이스카가 이성을 잃고 날뛴다면 큰 사고가 날 거야. 안 그래?"

"……알겠습니다."

그를 끌어안은 시종이 한순간 멈춰 섰다.

"그럼 제13주 알카트루즈로 갑시다. 황청의 연방주 가운데 여기서 제일 가까운 지역이니까요."

"알카트루즈라고?"

"네. 이 남자를 감시하기에 가장 적합한 장소입니다."

그게 무슨 의미인지.

공주인 앨리스는 즉시 이해했다. 이 시종이 어떤 의도를 지니고 있는지도.

그런데 정말로 그래도 되는 걸까. 아직 마음속에 망설임이 남아 있었다. 정말로 이 자리에서 이스카를 끌고 가도 되는 걸까.

……아직 안 늦었어. 여기서 그만둘 수 있어.

……황청이 제국 병사를 함정에 빠뜨렸다. 그걸 본 목격자만 없다면, 어떻게든 수습할 수 있을 것이다.

이스카가 눈을 뜰 때까지 기다렸다가 사과하자.

이번 사건은 없었던 것으로 만들자.

그러나 앨리스의 이 생각은 곧바로 무너지게 되었으니———.

"……이스카 군?"

어디선가 들어본 사랑스러운 목소리.

툭. 바닥에 쇼핑백이 떨어지는 소리도 났다.

"?!"

앨리스는 고개를 돌려 그쪽을 쳐다봤다.

광장 분수에서 이쪽의 그늘진 벤치로 걸어오던 제국 병사가 눈 앞에 서 있었다.

미스미스 여대장.

들켰다.

그 순간 앨리스는 현실을 깨달았다. 이건 이제 돌이킬 수 없는 사태가 되었다. 린에게 안겨 있는 이스카를 보고 저 여대장은 곧바로 이렇게 생각했을 것이다.

——황청의 공주가 제국 병사에게 무슨 짓을 했다. 독이라도 먹였나?

여기서 이스카를 그냥 놔두고 가도, 목격자가 나타난 이상 황청이 중립도시의 금기를 깼다는 소문은 널리 퍼질 것이다.

"이, 이스카 구————."

"조용히 하세요!"

강한 한마디.

강력하지만, 광장 중심까지는 울려 퍼지지 않도록 낮게 억누른 목소리로 앨리스가 윽박을 질렀다. 그 말투에 압도된 미스미스 여대장은 발을 내밀다가 움찔하고 멈췄다.

……아니야. 나는 이러고 싶지 않았어.

……하지만 당신이 이곳에 와버렸으니까. 이제는 돌이킬 수

없어.

그러나 이 감정은 겉으로 드러내지 못했다.

미스미스가 눈앞에 있는 이상, 황청의 공주로서 약한 모습을 보여줄 수는 없었다.

"이 검사는 황청의 적."

앨리스는 볼 안쪽의 살을 깨물면서 목소리를 쥐어짜냈다.

넋을 잃고 우두커니 서 있는 여대장을 향해 말했다.

"그러니까 우리가 데려가야겠어."

"………………………."

"우리는 황청 제13주 알카트루즈로 갈 거야. 이 검사는 포로. 인질 해방 조건은 나중에 알려줄게. 그때까지 기다리도록 해."

"……윽…………."

미스미스의 얼굴이 굳어졌다.

눈앞에서 부하를 인질로 잡힌 것이다. 그것도 중립도시에서. 용서할 수 없을 테지? 그래, 알아. 그건 앨리스도 뼈아프게 느끼고 있었다.

"약속할게. 이 검사의 목숨은———."

"비겁하다!"

폭발했다.

어리고 작아 보이는 여대장이 소리를 질렀다. 얼굴이 새빨개진 채, 낮게 눌러 죽인 목소리로.

"이스카 군에게 무슨 짓을 한 거야?! 이 도시가 어떤 곳인지 알면서 이런 비겁한 짓을 한 거야? 그게 마녀들의 행동 방식이야?!"
"……글쎄. 굳이 설명할 필요가 있을까?"
이건 자기 본의가 아니었다. 그렇게 변명해봤자 무슨 소용이 있으랴.
문제는 앞으로 어떻게 하느냐다.
인질로서 끌고 간 이스카를 어떻게 할지 고민해봐야 한다. 그런 생각을 했을 때, 앨리스와 린은 눈앞의 충격적인 광경을 보고 전율했다.

"이스카 군을――――――――돌려줘!"

성령의 빛.
그렇게 외치는 여대장의 왼팔에서 형광색으로 빛나는 선명한 초록색 빛이 터져 나온 것이다. 웃옷으로도 가릴 수 없는 눈부신 빛이.
앨리스와 린은 바로 얼마 전에 그 빛을 목격했었다.
볼텍스의 빛.
앨리스는 저 빛이 분출하는 구덩이에 이스카와 저 여자가 떨어졌었다는 사실을 기억하고 있었다.
……볼텍스는 말라버렸다.
……성령은 별의 중추로 돌아갔을 것이다. 가면 경은 그렇게 예상했었다.

그런데 그건 사실이 아니었다.

저 여대장의 팔에 깃든 빛이야말로 진실이었다.

"설마———."

빛이 강해졌다. 이는 성령술이 발동된다는 증거였다.

안 돼. 이 대장이 성령을 손에 넣은 것은 확실한 사실이야. 그런데 그녀는 아직 성령술사는 아니야. 성령을 제어하는 방법을 몰라.

북받친 감정에 의해 성령술이 폭주하기 시작했다.

"얼어라!"

"!"

앨리스의 성령이 미스미스의 발목을 얼려버렸다.

움직임이 봉쇄된 미스미스는 그대로 넘어졌다. 얼음은 금방 녹을 것이다. 그리고 얼음이 잔디에 가려져서 보이지 않았으므로, 이 광장에 목격자는 없을 것이다.

"……이건 나의 배려야. 성령술사가 된 당신에 대한 배려."

방어 행위가 아니었다.

방금 앨리스는 미스미스를 걱정해서 성령술을 쓴 것이었다.

"어떤 성령을 가지고 있는지는 몰라도, 만약 당신이 여기서 성령술을 폭발시켰더라면 당신이 중립도시의 금기를 깬 장본인이 되었을 거야."

"———!"

"린, 가자."

앨리스는 꼼짝 못 하는 여대장에게 등을 돌리고 앞으로 나아갔다.

입술을 꼭 깨물면서.

Chapter.2
『별의 모조품』

the War ends the world /
raises the world

1

제국 의회.

별명「보이지 않는 의사(意思)」.

제국의 그 어떤 지도에도 의사당 위치가 표시되어 있지 않아서 그런 별명이 붙은 것이다.

그 위치는 그래야 할 필요가 있을 때에만 구두로 전달되며, 결코 기록으로 남지 않는다.

지하 5000미터──.

온도는 무려 150도.

땅속의 미생물이 간신히 생존할 수 있을락 말락 한 별의 지표. 이곳으로 가려면 반드시 중앙 기지에 마련된 승강기를 이용해야 한다.

『계획에는 전혀 지장이 없다.』

『사도성 제5위인 자네가 신경 쓸 필요는 없어.』

『특무를 우선시해라.』

사도성 리샤가 쳐다보는 벽면.

그곳에 설치된 모니터가 빛나더니, 여덟 남녀의 모습이 흐릿하게 떠올랐다.

팔대사도. 제국을 좌지우지하는 여덟 명. 그런데 그들에 관해 알려진 정보는 기껏해야 그들의 이름밖에 없었다.

모니터에는 얼굴 윤곽만 나타나 있을 뿐. 체형조차 알아보기 어려웠다.

진짜 인간일까. 어쩌면 그들은 인간인 척하는 기계 지성체가 아닐까? 제국 의원들도 공공연하게 그런 이야기를 하곤 했다.

"뜻밖이네요."

한편 그들을 쳐다보는 여자 사도성은 느긋한 어조로 대꾸했다.

"흑강의 후계자 이스카. 그에게 집착했던 것은 다름 아닌 당신들이 아닌가요? 내가 보기엔 그랬는데. 그는 **그 남자**에게 지도받은 검사잖아요."

대답이 없었다.

팔대사도의 침묵이 의미하는 것은 「긍정」. 그 뜻을 바르게 이해하는 자는 이 제국 전체를 살펴봐도 리샤를 포함한 몇 명밖에 없을 것이다.

"빙화의 마녀가 그를 잡아갔습니다. 그것도 중립도시에서. 그 이야기를 들었을 때에는 나도 다소 놀랐습니다."

이스카는 빙화의 마녀와 마주쳤다.

미스미스 대장의 보고에 의하면, 이스카는 독에 당해 쓰러졌을 가능성이 높다고 한다.

"네뷸리스 황청은 우리 제국 사람들에게 괴물의 소굴이라고 불리는 나라입니다. 성령술사의 이미지를 악화시키지 않는 것이 그들의 철칙 아닙니까?"

『그렇다.』

『황청은 전장 이외의 장소에서는 아주 얌전하고 무해하게 굴지.』

『민중 앞에서는 날카로운 이를 드러내지 않아.』

"네. 그래서 나도 방심했습니다."

그들은 중립도시에서는 기습하지 않는다. 리샤조차도 그렇게 믿고 있다가 이런 보고를 받았으니까. 흑강의 후계자 이스카도 아마 똑같은 심정이었을 것이다.

설마 그럴 리가……?

그렇게 방심했다가 어느 순간 독을 주입당해 쓰러져버렸다.

"참 잘했네요."

『그래, 아주 대단한 수완이야.』

『마녀들은 자기들의 이미지를 해치지 않으려고 노력하고 있다. 중립도시에서 마녀는 무해하다. 그렇게 믿고 있던 사람에게 이번 기습 공격은 정말 효과적인 수단이었어.』

마녀에 정통한 이스카의 심리를 역이용했다.

중립도시 에인에서 그「공격」을 목격한 사람은 없으니까, 황청이 중립도시 동맹의 비난을 받을 염려도 없었다.

이 얼마나 놀라운 수완인가.

리샤가 그 자리에 있었으면 감탄해서 찬사를 보냈을 것이다.

“순혈종의 수법은 아닌 것 같습니다. 내 예상으로는 틀림없이 측근이 한 짓일 겁니다. 빙화의 마녀는 상당히 우수한 부하를 데리고 있군요.”
그렇게 말하더니.
여자 사도성은 안경 코걸이를 쓱 밀어 올렸다.
“아무튼 하던 이야기를 계속할까요? 잡혀간 그 친구 말인데요.”
『그건 이미 대답하지 않았나?』
두 번이나 같은 질문을 하지 마라.
은근히 느껴지는 무언의 중압감.
『자네는 특무를 우선시하게.』
『흑강의 후계자 이스카는 그 남자의 후계자다. 자력으로 돌아올 거야. 그러지 못한다면, 별의 운명도 거기까지가 한계란 거겠지.』
“아니~ 저기요.”
이에 대해.
리샤는 긴장감이라곤 전혀 없는 말투로 응했다.
“나도 그렇게 생각했는데요. ……문제는요. 천제 폐하께서『반대』하셨습니다.”
『!』
『뭐라고?』
천제 융메룽겐.
이 단일 요새 영역「천제국」의 지배자이자 상징.
현재의 천제가 어떤 인물인지. 예로부터 그 지위가 어떤 식으로 계승되어 왔는지. 그 비밀을 알아낸 제국 국민은 하나도 없었다.
천제 융메룽겐의 정체를 아는 자는 팔대사도와 리샤를 포함한 사도성 상위권 몇 명밖에 없었다.
이스카는 전직 사도성이지만 말석이라서 천제를 만나본 적이 없었다.
"이스카라는 전력은 아직 이 체스판에 남아 있어야 한다고 하셨습니다. 특히 그가 가지고 있는 성검——그것의 사용자가 사라지는 것을 우려하고 계시던데요?"
『…………. 』
『변덕스러운 분이시군.』
탄식이 줄줄이 흘러나왔다.
『좋아, 리샤. 그럼 자네는 어떻게 할 텐가?』
『어차피 몇 가지 아이디어를 생각해왔을 테지?』
"그가 어디로 끌려갔는지는 알고 있습니다."
얇은 안경의 렌즈 아래에서.
여자 사도성의 입꼬리가 위로 올라갔다.
"네뷸리스 황청 제13주 알카트루즈. 통칭 『감옥 지구』. 멋진 장소지요."
『호오. 거기는……. 』
『그 유명한 「초월자(超越者)」 샐린저가 갇혀 있는 곳이지 않나.』
『선대 네뷸리스 여왕에게 대들었던 이단의 마인. 그자의 성령은 극히 희소하고 강력하지. 감옥에서 탈출시키는 게 가능하다면——.』

팔대사도의 음성에 깃드는 냉소.

그들도 즉시 이해한 것이다. 리샤가 무슨 계획을 꾸미고 있는지.

『재미있겠군. 그 「초월자」를 회유하기는 쉽지 않을 테지만, 해볼 만한 가치는 있어.』

『이게 잘되면 특무 수행에서의 상승효과도 기대할 수 있을지도 몰라. 도움이 될 가능성도 있지.』

『리샤. 자네도 마음껏 활동해봐.』

"네, 그럴 생각입니다."

담담하게 대답하는 사도성 제5위.

"마침 잘됐죠. 여러분이 원하시는 대로 특무를 계속 진행하면서, 나는 또 나대로 제907부대를 도와줘볼까 합니다."

공손하게 인사한 뒤.

천제의 참모인 여자 사도성은 군화 소리를 내면서 의사당을 떠났다.

2

제도 융메룽겐.

군사 지역인 제3지구에 서서히 땅거미가 지고 있었다.

불타는 저녁놀이 지평선 아래로 사라져간다.

이제 곧 푸른색과 검은색을 섞은 혼색이 저 하늘을 뒤덮을 것이다. 그리고 반짝이는 별들이 사람들 눈에 보이게 될 것이다.

――창밖의 풍경.

진은 두꺼운 강화 유리를 향해 조용히 한숨을 내쉬었다.

"그놈들이 한 수 위였어. 중립도시에서 습격당하면 어떻게 할 방법이 없지."

회의 테이블 위에 놓인 두 자루의 검.

검은색과 하얀색이 한 쌍인 그 「성검」을 돌아봤다. 주인은 부재중. 지금쯤 이 검의 소유자는 제국에서 멀리 떨어진 황청으로 끌려가고 있을 것이다.

"중립도시는 무장 금지. 그래서 이스카도 성검은 놔두고 갔지. 거기서 빙화의 마녀와 우연히 만났고. 그런 상황에서 습격당하면 나 같아도 백기를 들었을 거야."

"…………."

"그나저나 독이라고? 주사기를 썼나? 아니면 극소형 침? 무슨 수법을 썼는지 궁금한데. 수십 명이나 되는 사람들이 모여 있는 광장에서 그놈들은 도대체 어떻게 이스카한테 독을 주입한 걸까?"

목격자도 하나 없이.

만약 한 명이라도 그 장면을 목격했다면 대형사고가 났을 것이다. "중립도시에서 마녀가 날뛰었다!"라고 제국 측이 공공연하게 전 세계에 호소할 수 있는 구실을 주는 셈이니까.

마녀는 역시 흉악한 존재이다.

중립도시 동맹이 그런 인식을 가지게 된다면 네뷸리스 황청은 고립됐을 것이다.

"어지간히 자신이 있었나? 상대가 이스카인데도? 그 녀석에게 반격당하지 않고, 들키지도 않고 독을 사용하다니. 도대체 어떻게?"

그건 진도 상상하기 어려울 정도였다.

이스카에게 독을 주입한다. 광장에 모여 있는 관광객들에게 들키지도 않고. 과연 그런 수단이 있을까?

"어때? 네네."

"으음. 글쎄, 네네도 잘 모르겠어."

테이블 반대편에 앉아 있는 포니테일 소녀는 탁자 위에 엎드려 축 늘어져 있었다.

지금 네네는「이스카가 끌려갔다」는 사실 자체에 너무 심하게 충격을 받아서 사고회로가 정지해버린 것 같기도 했다.

"음료수에 독이 들어가 있었다면? 이스카 오빠가 그걸 마셨어도 주변 사람들은 이상하다고 생각하지 않았을 거야, 그렇지?"

"그 녀석이 독이 든 음료수를 마실 리 없잖아. 황청 사람이 음료수를 줘도 단칼에 거절했을 텐데…… 아니 뭐, 됐다. 여기서 머리만 굴려봤자 아무 소용도 없어."

진은 힐끗 눈짓했다.

그의 앞에 앉아서 옆얼굴만 보여주고 있는 여대장에게 말을 걸었다.

"네뷸리스 황청 제13주 알카트루즈. 틀림없이 거기란 말이지?"

"……으, 응."

"이스카는 그곳으로 끌려갔다. 빙화의 마녀가 그 장소를 가르쳐준 이유는 알 수 없지만, 어차피 손쓸 방법이 없을 거라 생각하고 오만하게 승리 선언을 한 걸지도 모르지."

그러나.

그게 이번만은 황청의 아성을 무너뜨릴 개미구멍이 될 것이다.

"……구할 거야."

미스미스는 오른손으로 자기 왼쪽 어깨를 꽉 움켜쥐었다.

어금니를 악물고 말했다.

"이스카 군을 구할 거야. 네네, 진 군, 제발. 나를 도와줘."

"당연하지."

진의 입장에서는——

강인한 의지로 눈물을 삼키고 있는 이 여성의 모습은 결코 의외가 아니었다.

심지가 강한 여자다.

그렇지 않다면 제국군 대장이 되지도 못했을 것이다. 그렇지 않다면 진도 네네도 이스카도 미스미스의 부하가 되지 않았을 것이다.

"다행인지 불행인지, 우리는 이제 곧 황청의 국경을 돌파할 수단을 얻게 될 거야. 팔대사도의 뜻대로 움직이고 싶진 않지만, 어쨌든 이 상황에서는 아직 승산이 있어."

"특무 말이지? 진 오빠."

"그래. 리샤는『있다』고 단언했다."

"제국 사람이어도 황청에 침입할 방법은 있다는 거야."
"사흘 후를 기대해줘."

황청에 침입하는 목적이 네블리스 여왕을 포획하는 것이라면, 거기에 이스카 구출이란 새 목적을 하나 더해도 난이도는 크게 달라지지 않을 것이다.
"애초에 여왕을 포획한다는 시점에서 무모하고 말도 안 되는 작전이었어. 여기에 이스카를 되찾아오는 작전을 하나 추가해도 난이도는 변하지 않아. 어차피 성공률은 0 밑으로는 내려가지 않으니까."
"진 군, 그거 전혀 긍정적인 의견이 아니잖아?!"
"성공률 따윈 아무래도 좋아. 우리의 의욕은 생겼으니까. 그거면 충분하잖아."
특무에 마지못해 참가하는 입장에서.
의욕적으로 참가하는 입장으로 변했다.
"아니, 혹시. 사도성 씨. 이것도 전부 다 당신이 꾸며낸 간계인가?"
"에이, 말도 안 돼~."
그 음성은 회의실 문밖에서 들려왔다.
천연덕스럽고 밝은 여자 목소리가 금속 문을 타고 전해져왔다. 자동으로 잠긴 문—— 그것이 강제 권한으로 열렸다.
"이것만은 나도 예상치 못한 사태야. 굉장해. 황청의 수완을 칭찬하지 않을 수 없다니까."

"그래, 마침 나도 그 이야기를 하고 있었어."

진이 뚫어져라 응시하는 가운데.

양손으로 새하얀 금속 상자를 든 리샤가 천천히 방 한가운데로 걸어왔다. 무겁다는 듯이 들고 와서 테이블 위에 내려놨다.

"휴. 셋 다 오래 기다렸지? 이번에 고생이 많았어."

"과거형으로 말하지 마."

"아, 미안. 하긴 그렇지. 미스미스도 방금 전에 돌아왔으니까. 전속력으로 차를 몰아서 이런 한밤중에 겨우 제도에 도착했다고 했지?"

"────."

리샤가 대장을 바라봤다.

테이블 앞에 앉은 채 꼼짝도 안 하던 미스미스. 그러나 리샤가 그 이름을 부르자, 퍼뜩 정신 차린 것처럼 고개를 들었다.

"리샤."

"응, 다 알아~. 이스캇치는 나와 같은 사도성이었으니까 도와줘야지. 뭐, 안 그래도 이스캇치가 맡아줬으면 하는 임무도 아직 산더미처럼 쌓여 있거든."

탕. 벽 근처에 놓인 화이트보드를 두드리는 사도성 제5위.

"현재 상황을 정리해볼게. 오늘 낮에 중립도시 에인에서 이스캇치가 빙화의 마녀와 마주쳤고, 무슨 수법인진 몰라도 적의 독에 당해서 쓰러졌어. 그리고 도시 밖으로 끌려갔지. 그 목적지는 당연히 황청이고. 내 말이 맞지? 미스미스."

"으…… 응. 알카트루즈라고 했어."
"중앙주에서 멀리 떨어진 곳이네. 통칭 『감옥 지구』. 이스캇치를 감금하기 딱 좋은 장소니까 납득이 가. 그리고———."
진, 네네, 미스미스.
세 사람의 표정을 관찰하듯이 살펴본 뒤. 리샤는 생긋 웃었다.
감정이 드러나지 않는 웃음이었다.
"다행인지 불행인지, 제907부대에게는 황청 국경을 넘어갈 수단이 있어. 바로 **여기에.**"
테이블 위에 놓인 하얀 금속 상자.
리샤가 간신히 끌어안을 수 있을 만한 크기. 소형견을 키우는 우리와도 비슷한 크기였다. 리샤는 그 상자 위 뚜껑에 설치된 네 개의 금속 자물쇠를 능숙하게 풀었다.
"나한테 고마워해야 한다? 내일모레 준비하려고 했던 물건을 서둘러 특급으로 준비했거든. 이스캇치를 위해서. ———자, 여기. 주목해봐."
리샤가 뚜껑을 열었다.
그 직후 수증기 같은 하얀 안개가 상자 안에서 뿜어져 나왔다. 엄청나게 차가웠다.
"꺅?! 차, 차가워……!"
"아, 미안해. 네네땅. 이건 영하 50도 이하가 아니면 **봉인해둘 수가 없거든.**"
하얀 냉기에 감싸인 검은 원통.

굵기도 길이도 어른이 한손으로 쥘 만한 수준. 다소 가느다란 회중전등 같은 물체——그중 하나를 리샤가 상자에서 꺼내 던졌다.

"진진, 받아."

"……이 용기는 뭐야? 합금인가?"

냉기를 띤 원통형 용기.

진의 손에서 묵직한 무게가 느껴졌다. 아마 용기가 매우 튼튼한 금속으로 되어 있어서 이렇게 무거운 것이리라.

"다들 알다시피 성령술사가 아닌 인간이 네뷸리스 황청 국내에서 돌아다니는 것은 몹시 어려운 일이야. 거기서 신분 증명을 하거나 성령 심판을 받아야 하니까."

신분 증명은「제국 외부인」임을 증명하는 것.

성령 심판은 성령술사의 증거인 성문의 유무를 그 자리에서 확인받는 것.

둘 중 하나는 해야 하는데——.

과거에 제국군은 전자를 선택했었다. 다시 말해 신분증명서를 위조한 것이다. 중립도시 주민증과 똑같이 생긴 증명서를 인쇄해서 황청에 잠입하려고 했었다.

"어, 과거에 고생한 이야기는 생략해도 되지? 제국군은 100년에 걸쳐 황청에 침입하려고 했지만 결국 금방 들켜서 실패했어. 그렇지만."

리샤도 까만 원통 용기를 붙잡았다.

그리고.
"이번에는 잘될 것 같아~."
원통 용기 뚜껑을 비틀어 열었다.
따딱. 접합부 부서지는 소리가 난 순간――.

선명한 빛 방울이 용기에서 튀어나왔다.

마치 분수처럼.
용기에서 튀어나온 빛의 입자들이 회의실 천장까지 솟구쳤다.
"성령 에너지?!"
"딩동댕~ 진진, 정답입니다. 『오멘』의 연구자가 총력을 기울여 만든 기술의 결정체야."
단일 집적 지능체 오멘.
성령에 관한 학문 연구가 금지되어 있는 이 제국 내에서 유일하게 성령 연구를 할 수 있도록 인가받은 기관이다.
"……제국 상층부의 발안인가?"
진은 까만 원통을 힘껏 움켜쥐고 숨을 내쉬었다.
"기가 막히는군. 제국군인 우리에게도 비밀로 하고 이만큼 성령 연구를 진행시켰다고?"
기구 사령부.
사도성.
팔대사도.

세계 최대 국가의 최고 권력자들은 아마도 수십 년 전부터 이 연구를 비밀리에 계속하고 있었을 것이다.

"네네. 우리는 실험용 모르모트인가 보다."

"뭐? 진 오빠, 그게 무슨 뜻이야?"

"——이런 뜻이란다. 네네땅."

소녀의 왼쪽 손목을 붙잡은 리샤가 다짜고짜 그 손에 원통 용기 끝부분을 가져다 댔다.

마치 도장형 주사기로 예방접종을 하듯이.

——성령 에너지 조사(照射).

"헉?! 리, 리샤 씨, 뭐 하는 거야?!"

"아~ 걱정하지 마. 안 아팠지? 금방 끝날 테니까 조금만 참아. 울지 않고 잘 참으면 나중에 주스 사줄게."

장난스러운 말투. 그러나 사도성의 눈에는 웃음기가 전혀 없었다.

리샤는 당황한 네네의 의사를 무시하고 손목을 꽉 붙잡은 채, 그 손등에 성령 에너지를 계속 조사했다.

"네네야?! 아니, 리샤, 내 부하한테 뭐 하는 거야?!"

"뭐 하긴. 보면 알잖아?"

약 20초가 흘렀을 때.

리샤가 드디어 네네의 손목을 놔줬다. 리샤가 들고 있던 까만 원통에서 성령 에너지의 빛은 완전히 사라져버렸다.

마치 회중전등의 전지가 다 닳은 것 같았다.

"어때? 네네땅. 감상을 말해줘."

"…………."

포니테일 소녀는 아무 말도 하지 않았다.

말문이 막힌 채, **자기 손등에 생겨난 붉은 성문**만 들여다봤다.

"……네네는 이제 마녀가 된 거야?"

"응. 손등 피부만."

여자 사도성이 에너지가 바닥난 용기를 상자 속에 휙 던져 넣었다.

"아, 참고로 일주일 한정이야."

"뭐?"

"바다에서 일광욕하다가 피부가 갈색으로 타버려도 금방 원래 피부색으로 되돌아가잖아? 그것과 마찬가지야. 이건 성령 에너지를 집중적으로 방사해서 성문만 피부에 새겨 넣는 기계야."

네네의 손등에 생긴 별의 얼룩.

그러나 확실히 진짜 성문보다는 색깔이 연했다.

"성령술사가 된 척을 한다. 그로써 황청 국경의 성령 심판을 통과할 수 있다는 건가?"

"응, 맞아. 네네땅, 이제 네가 진진에게 성문을 찍어줘."

"어. ……으음."

"네네, 잠깐만. 이런 것은 상사부터 해야지. 내가 보스에게 찍어줄게."

진이 네네를 막았다.

까만 원통——성령광(星靈光) 조사 장치를 손에 들고. 진은 미스미스 대장에게 다가갔다.

"사도성 씨. 이 빛은 어디에 조사해도 상관없나?"

"응. 손이든 발이든 상관없어. 그래도 너무 눈에 띄지 않는 곳으로 해줘."

이곳은 제국의 군사 시설이다.

성문을 지닌 대원이 여기서 발견되면 큰 소동이 일어날 것이다.

"알았어. 이봐, 보스. 어디든 괜찮다면, 왼팔이어도 괜찮을 테지? 자, 어깨가 보이게 소매를 걷어줘."

"……뭐? 아, 저기, 진 군……?"

"다시 한 번 말한다. 왼쪽 어깨를 보여줘."

사도성에게는 보이지 않도록 자기 등을 방패로 삼았다.

미스미스가 머뭇머뭇 소매를 걷었다. 진은 그 위팔에 감긴 의료용 테이핑을 슬그머니 벗겨냈다.

——초록색 성문.

이미 존재하는 그 성문 위에 조사 장치를 댔다.

"어때, 이제 됐지? 사도성 씨."

"어디 보자. 오~ 예쁘게 잘 찍혔네? 흐음, 네네땅의 성문보다 더 선명한데? 우와, 진짜 성문 같아."

"아, 아하하하? 리샤, 그게 무슨 농담이야? ……어휴, 너도 알잖아. 나 피부가 민감해서. 햇볕에도 잘 타는 편이잖아?"

리샤가 유심히 살펴보자, 미스미스는 허둥지둥 왼쪽 어깨를 숨겼다.

진짜 마녀의 성문을.

——아, 그렇구나. 역시 진 오빠는 똑똑해!

——이쯤이야 기본이지.

눈을 빛내면서 뜻을 전하는 네네. 그러자 진도 말없이 대꾸했다.

인공 성문이 사라질 때까지는 일주일이란 시간이 걸리니까. 적어도 특무 기간에는 미스미스 대장의 성문을 남에게 들켜도 괜찮을 것이다.

그 정도면 충분해.

이스카를 구출하기에 충분한 시간은 벌었다.

"이봐, 네네."

"아, 알았어. 진 오빠. 어디에 할까? 이마? 뺨? 손?"

"양손은 빼줘. 이 빛의 악영향으로 손을 쓰지 못하게 된다면 그건 최악의 사태니까. 손을 못 쓰면 총도 못 쏴. 다리에 해줘."

오른쪽 발목.

진짜 마녀나 마인의 경우에도 성문의 위치는 천차만별이다.

또 한마디 덧붙이자면——.

성령이 강력할수록 성문도 거대해진다는 관찰 결과도 있었다. 진이나 네네의 인공 성문보다도 미스미스의 성문이 한층 더 컸다.

"좋아, 이제 너희 셋은 황청의 국경선으로 향할 준비가 다 되었어."

텅 빈 조사 장치를 회수하는 리샤.

아마 저 안에 에너지를 채워서 재활용하려나 보다. 냉기를 채워놓은 상자 속에다 원통을 집어넣고 다시 단단하게 뚜껑을 닫았다.

"열두 부대. 총 51명이 똑같은 『시술』을 받게 될 거야."

"우리들 이외의 특무 정예 부대도?"

"응. 그리고 이번에 제국 상층부가 원하는 것은 황청 국경선의 데이터야. 그러니까 열두 부대는 저마다 다른 국경 검문소를 통과할 거야."

"……그야말로 실험이군."

진은 이해했다.

특무는 표면적인 명목에 불과했다. 사실 이것은 제국 상층부의 데이터 수집 작업이다.

"네뷸리스 황청은 열세 개 주로 이루어진 연방국가. 중추가 되는 네뷸리스 황청이라는 나라에 열두 개의 속국이 붙으면서 현재와 같은 형태가 된 거지."

"맞아. 그리고 이스캇치는 제13주로 끌려갔고."

"우리는 그 제13주의 국경 검문소를 통해 황청 침입을 시도해 본다. 그거지?"

나머지 열한 개 부대도 마찬가지다.

중앙주를 에워싼 열두 개 주. 그 국경을 각자가 공략하게 될 것이다.

국경을 지키는 위병의 숫자는?

감시 장치는?

그런 것들을 샅샅이 조사한다는 것이다.

"어느 국경 검문소가 괜찮은지. 그 데이터를 수집하는 것이 이번 특무의 정체인가. 침입하기 쉬운 국경이 판명되면, 다음에는 이보다 열 배, 스무 배나 되는 규모의 정예 부대를 투입할 수 있을 테니까."

"응, 맞아. 진진은 이해력이 참 좋구나."

너희들은 이 실험의 희생양이야.

사실상 그런 뜻인데도, 사도성 제5위는 그것을 너무나 쉽게 인정했다.

극단적으로 말해서 이번 열두 부대 중에서는 딱 하나만 황청 침입에 성공해도 된다.

나머지 열한 부대가 국경에서 체포된다 해도 상관없다. 체포되더라도 「이 국경 검문소는 위험하다」는 데이터는 수집될 테니까.

"솔직하군."

"진진은 예리해서 속일 수 없으니까~. 게다가 내가 이런 이야기를 해줘도, 제907부대 여러분은 진지하게 이번 작전에 임해줄 거라고 믿어. 그렇지?"

능숙하게 한쪽 눈을 찡그려 윙크하는 리샤.

"제국이 진짜로 원하는 것은 너희들에게 시술한 인공 성문의 검증 데이터야. 이런 위장술로 네뷸리스 황청에 침입할 수 있느냐, 없느냐. 그 데이터를 얻고 싶은 거야. 그러니까 국경을 무사히 넘으면 특무는 90퍼센트쯤 성공한 거나 마찬가지야."

"네뷸리스 여왕 포획 작전은?"

"그것도 당연히 실행해야지. 모처럼 황청 국내에 침입했으면 네뷸리스 왕궁도 공격해야 할 거 아냐? 다만——."

잠깐 뜸을 들이더니.

안경 쓴 여자 사도성이 주위의 세 사람을 새삼스레 둘러봤다.

"이번 작전에 참가한 열두 부대가 한꺼번에 왕궁에 침입하면 아무래도 눈에 띌 테지? 낯선 사람들이 갑자기 50명 이상이나 나타나서 성을 방문한다면? 성문이 있어도 의심받을 수밖에 없잖아?"

"뭐, 당연하지."

"그래서 팔대사도 여러분도 그 점을 고려해주셨단 말이야. 알았니? 미스미스."

"으, 응?!"

왼쪽 어깨를 누르고 있던 미스미스 대장이 화들짝 놀라 자세를 바로잡았다.

"너희들은 네뷸리스 황청 국경을 돌파한 다음에는 제13주에 잠복해서 이스캇치를 찾아줘. 그리고 만약 이스캇치를 찾아낸다면……."

"찾아낸다면?"

"마음껏 날뛰어줘."

방긋.

사도성 제5위는 그 단어가 아주 잘 어울리는 환한 미소를 지었다.

"제907부대는 제13주에서 마음껏 날뛰고. 나머지 열한 부대 중에서도 절반은 다른 주에서 날뛰어줄 거야. 네뷸리스 왕궁이 있는 중앙주가 동요하고 혼란에 빠질 정도로."

"아, 그렇구나! 우리가 사방에서 날뛰어서 중앙주가 혼란에 빠진 사이에——."

"응, 맞아. 나머지 부대가 왕궁에 침입할 거야. 미스미스도 제법 똑똑해졌네?"

리샤가 다시 한 번 윙크했다.

이스카를 구하기 위해 황청에 침입한다. 그건 뜻밖에도 특무를 수행하는 행위와 같았다.

그 사실을 이해한 미스미스는 표정을 다잡았다.

"와, 미스미스, 멋진 표정이네? 좋아, 나도 준비하느라 바쁘니까 그만 가볼게. 이제 너희들끼리 알아서 잘해 봐. 황청의 국경 돌파. 기대할게, 알았지?"

들고 온 금속 상자를 다시 끌어안더니.

"그럼 안녕~. 다음엔 현지에서 보자."

현지?

그게 어디인지 세 사람이 물어보기도 전에 사도성은 방 밖으로 나가버렸다.

Chapter.3
『헤어지려야
헤어질 수 없어서』

the War ends the world /
raises the world

1

쌍둥이 네뷸리스——.

가장 크고 강력한 성령을 지닌 시조 네뷸리스. 제국 사람들에게 대마녀라고 불리던 언니는 평생에 걸쳐 제국군의 침공을 혼자서 계속 막아냈다.

그리고 「황청」을 건국한 쌍둥이 여동생.

훗날 네뷸리스 1세라고 불리게 된 이 여성은 제국이라는 거대한 군사 국가와 맞서 싸우기 위해서 오로지 국토 확장에 전념했다.

——그 결과 열두 나라를 속국으로 만들었고.

제국이 「마녀의 낙원」이라면서 두려워하던 진짜 황청의 영토는 중앙주가 되었으며, 그 주변에 열두 개의 주가 추가됨으로써 열세 개 주로 구성된 연방국가가 성립됐다.

네뷸리스 황청.

제13주 알카트루즈——.

거리에는 강철색 건물들이 즐비해 있었다. 그것은 이 도시가 과거에 제국군의 침공을 몇 번이나 받은 결과였다.

제국군의 화포에도 견뎌낼 수 있는 튼튼한 건물들.

차가운 콘크리트 벽은 무기질 그 자체였다. 한마디로 말해 이 풍경은 앨리스가 상상하는 제국의 거리 그 자체였다.

……황청의 거리인데도.

……제국과 똑같다니, 이게 무슨 아이러니일까.

앨리스는 그게 몹시 마음에 걸렸다.

"있잖아, 린. 나는 이 주를 전면적으로 재개발할 필요가 있다고 생각해. 좀 더 도로를 넓히고 나무를 심어서. 푸른 하늘이 보이는 거리로 만들어야 해."

"네, 앨리스 님 말씀이 옳습니다. 다만."

린이 운전하는 차량이 도로를 따라 나아갔다.

"그러려면 예산과 기간이 필요합니다. 시내를 재개발하는 공사 도중에 제국군이 쳐들어오면 잠시도 못 버틸 테니까요."

"응, 그게 문제네……."

앨리스가 왕녀로서 하고 싶은 일은 산더미같이 많았다.

그런데 그중 90퍼센트 정도에는「앨리스가 제국을 타도한다면」이란 전제조건이 붙어 있었다.

……제국 타도도.

……이렇게 쉽다면 얼마나 좋을까.

뒷좌석.

자기 옆에서 몸을 둥글게 말고 누워 있는 소년을 바라봤다.

전직 사도성 이스카. 수면제의 부작용 때문에 아마 눈을 떠도 한동안 손가락 하나 움직이지 못할 테지만, 그래도 혹시 모르니까 양손에 수갑을 채워놓았다.

"너는……."

잠들어 있는 그 옆얼굴을 가만히 내려다봤다.

"나와 싸웠을 때에는 어떤 성령술이든 다 막아냈었지?"

그런데 그가 이토록 쉽게 자기들에게 끌려오다니. 지금도 앨리스는 믿을 수가 없었다.

자신의 성령술도, 시조 네뷸리스의 성령술도 막아낸 검사인데.

"있잖아. 내가 너를 어떻게 하면 좋을까?"

중립도시에서 독을 사용하다니. 그건 앨리스도 원치 않는 일이었다.

이런 식으로 결판내고 싶진 않았다.

그러나 이스카를 무조건적으로 풀어줘도 될 만큼 양국의 관계가 원만하지는 않았다. 앨리스도 적국 병사에게 그렇게까지 온정을 베풀 수는 없었다.

……너를 끌고 올 수밖에 없었어.

……목격자가 있었으니까.

제국의 여대장 미스미스에게 들킨 이상, 연행하는 것 말고는 방법이 없었다.

이제는 그의 처우를 결정해야 한다.

“넌 보통 병사가 아니니까. 아마 대량의 보석금이나 협상조건이 제시될 테지?”

“앨리스 님……?”

“……혼잣말이니까 신경 쓰지 마.”

현재 운전 중인 린은 이스카를 감옥에 가두자고 제안했다.

전직 사도성의 위험성을 고려한다면 타당한 판단일 것이다. 그런데 앨리스는 무조건 해방은 불가능하다고 생각하면서도 역시 이러한 방식에는 불만을 느꼈다.

설령 포로여도 함부로 대하고 싶진 않았다. 그게 앨리스의 솔직한 심정이었다.

“린. 여기선 차도에도 통행인이 많으니까. 앞을 잘 보고 운전해.”

“네, 물론이죠.”

시종이 앞을 쳐다봤다.

그 틈에 잠자는 이스카에게 아주 조금만 가까이 다가갔다.

중립도시에서도 이렇게 잠든 얼굴을 본 적이 있었다. 그때도 이스카는 푹 잠들어서 매우 무방비한 상태였다. 보기만 해도 저절로 독기가 빠질 정도로.

순수하고 앳되고 친근감 있는 얼굴.

전장에서 검을 들고 있을 때와는 완전히 딴판이었다. 외모가 문제가 아니라, 몸에서 발산되는 오라가 달랐다. 지금은 왠지 가까이 다가가고 싶다고나 할까. 그런 분위기였다.

"……안 일어나겠지?"

앨리스는 손끝으로 소년의 어깨를 콕 찔렀다. 옷 아래에서 느껴지는 단단한 근육. 앨리스의 상상보다 더 탄탄한 감촉이 손끝에서 느껴졌다.

"와, 굉장해. 역시 남자는 다르구나."

재미있다.

자기 자신이나 린의 몸과는 달랐다. 손가락으로 콕 찔렀을 때 반발하는 근육의 탄력성이 전혀 달랐다. 앨리스에게는 미지의 감각이었다.

다른 곳은――.

이를테면 뺨은 어떨까?

"얍."

콕 하고 손끝으로 소년의 뺨을 찔러봤다.

부드럽다. 그래도 그의 뺨은 탄력이 다소 강한가? 참 신기하다.

"……내가 좀 더 부드럽지?"

자기 뺨을 만져봤다.

응, 역시 내 뺨이 조금이나마 더 부드럽다.

"후후. 어때? 이거 봐, 내가 이겼지?"

뭘 이겼다는 걸까. 스스로 말하고서도 이해할 수 없었지만, 어쨌든 이 감각은――.

…….

………….

무척 즐거웠다.

물론 이스카를 여기까지 끌고 왔다는 데 대한 죄책감은 있었다. 그러나 그 감정조차 사라져버릴 정도로, 지금 여기서 이렇게 잠들어 있는 그를 만지는 것이 정말 즐거웠다.

남성에 대한 소박한 호기심.

약간의 장난기.

그리고 아기 고양이를 쓰다듬을 때처럼 편안한 느낌.

"……무서워. 너는 적인데. 적이란 사실을 잊어버릴 것 같아."

그런데도 만지는 것을 그만둘 수 없었다.

뺨의 감촉을 확인한 다음에는 그의 머리카락을 쓰다듬어봤다. 이성의 머리카락――그러고 보니, 이렇게 짧은 머리를 만지는 게 몇 년 만일까.

목욕할 때에도 편할 것 같다.

긴 머리카락을 청결하게 관리하는 게 얼마나 힘든지 아마 꿈에도 모를 것이다.

"……그런데 너한테는 긴 머리도 잘 어울릴지도 몰라."

손가락으로 그의 앞머리를 빗어줬다.

고양이털을 어루만지듯이 손가락으로 머리카락을 살살 훑어내렸――.

"아, 고양이!"

"뭐?"

깜짝 놀라 손을 멈췄다.

자기 속마음이 입 밖으로 튀어나온 걸까? 그렇게 생각한 순간, 방금 소리친 린이 돌연 급브레이크를 밟아 차를 세웠다.

"꺅?! 린, 뭐 하는 거야?!"

"고양이가, 갑자기 차도에 뛰어들어서…… 아, 다행이다. 바로 급브레이크 걸어서 애가 다치진 않았네요. 앨리스 님, 물론 안 다치셨죠?"

"이런 경우에는『다치지 않으셨어요?』라고 물어봐야 하는 거 아냐?"

하긴, 실제로 가벼운 잡담이나 하고 있으니까. 아무 데도 다치지 않은 게 당연하지만.

주행 속도가 그리 빠르지 않아서 다행이었다.

"그래도 조심해. 나 방금 엉덩이 부딪쳐서………… 어, 어라?"

둔부에서 기묘한 감촉이 느껴졌다.

조심조심 엉덩이를 들어 올렸더니, 그 밑에 이스카의 옆얼굴이 있었다.

"꺄악?! 미, 미안해! 엉덩이로 깔아뭉개서 미안해!"

"네?"

"아, 린, 괜찮아. 넌 그냥 앞만 보고 운전해줘!"

옆으로 돌아간 이스카의 얼굴에 손을 댔다.

남성. 아무리 적이어도, 남자 얼굴을 엉덩이로 깔아뭉개다니. 이건 너무 무례한 짓이었다. 또 일국의 공주로서 부끄럽지 않을 수 없었다.

"이, 일어나진 않았지……?"

"────."

깜빡.

바로 그 순간, 앨리스의 눈앞에서 제국 검사가 천천히 눈을 떴다.

……여기는. 어디지?

……중립도시 에인이 아니야. 이 구속 도구는 뭐지……?

언제부터였을까.

의식이 사라질 듯이 희미한 가운데, 이스카는 자신이 누운 채 뭔가에 실려 이동하는 감각을 계속 느꼈었다. 소녀들의 대화 소리도 드문드문 조금이나마 들려서, 누가 거기서 대화하고 있구나 하는 사실은 어렴풋이 알았다.

그랬는데.

"아, 고양이!"

"꺅?! 린, 뭐 하는 거야?!"

급브레이크와 경적. 그리고 결정적인 원인은──누군가가 자기 얼굴을 엉덩이로 가차 없이 깔아뭉개는 충격. 그 덕분에 이스카의 의식에 남아 있던 수면제의 잠기운이 싹 날아가 버렸다.

"…………윽……."

눈을 떴다.

넓은 좌석에 누워 있는 자신과, 그런 자신을 경악한 얼굴로 내려다보는 앨리스. 그 사실이 제일 먼저 머릿속에 입력됐다.

"――――――――윽…….”

"너 일어났어?!"

흐릿한 시야 속에서 앨리스가 좌석 반대편 끝까지 뒷걸음질 쳤다.

"린, 이게 뭐야?! 네 설명과는 다르잖아. 아무리 빨라도 내일은 되어야 눈을 뜰 테고, 또 그다음에 하루는 더 있어야 몸을 일으킬 수 있을 거라고 하지 않았어?!"

"뭐라고요?! 아니, 말도 안 돼요. 약물 내성이 도대체 얼마나 강하기에……?!"

앞에서 이쪽을 돌아보는 린.

앨리스와 린. 차 안에는 그 두 사람만 있었다.

……어떻게 된 거지? 미스미스 대장님은?

……나는…… 대장님과 함께 중립도시에 갔는데.

그곳에서 앨리스와 재회했고.

거기까진 기억이 났다. 그러나 그다음부터 기억나는 게 전혀 없었다. 어째서일까? 아니, 잠깐만. 잘 기억해봐.

″……받아.″

″네 몫이다. 앨리스 님의 관대한 배려라고 생각해라.″

린이 건네준 캔 주스를 받았다.

그 후 자신이 정신을 잃은 타이밍. 그리고 이렇게 황청 측 두 사람이 타고 있는 자동차에 실려서 낯선 도시를 이동하고 있는 상황――.

"헉!"

"누, 눈치챘구나……."

앨리스가 묘하게 기운 없는 말투로 말했다.

"너, 너는 우리한테 붙잡혔어. 알았니? 애초에 독이 든 주스를 마신 네가 잘못한 거야."

"……우와."

실은 포로가 됐으니까 두려워하거나 절망해야 할 것이다.

적어도 적의 심기는 거스르면 안 된다. 그것이 포로의 기본 태도란 것은 잘 알면서도, 이스카는 저도 모르게 한마디 했다.

"앨리스."

"왜, 왜 불러?"

"정말 실망했어. 네뷸리스 황청의 공주가 이런 비열한 짓을……."

"아, 아니야! 내가 명령한 게 아니야!"

앨리스가 좌석을 팍팍 때리면서 소리쳤다.

새빨개진 얼굴로.

"난 이럴 생각은 전혀 없었어. 린이 제멋대로 한 짓이야!"

"앨리스 님, 잠깐만요! 저도 이런 사태는 예상치 못했어요!"

이번에는 운전석에서 린이 소리를 질렀다.

"오히려 문제는 너야, 제국 검사! 네놈이 독을 먹은 게 잘못이야! 네가 이렇게 붙잡힌 것은 네 탓이다. 네가 방심해서 자기 팔자를 이렇게 꼬아버린 거야."

"아니, 아무리 생각해봐도 독을 먹인 사람이 잘못한 거잖아?!"

그래도 린의 말 후반부에는 반박할 방법이 없었다.

너무 안이했다.

중립도시에서는 어떤 세력도 서로에게 간섭 금지. 그 규칙을 어긴 나라에 대한 중립도시의 제재 강도는 엄청나지만, 그래도 언제나 예외는 존재한다.

――들키지만 않으면 된다.

따라서 수면제를 먹이는 것은 최적의 수단일 것이다. 물론 적이 제공해준 음료수를 마시는 인간은 그리 흔치 않을 테지만.

"이, 이제 네 처지는 이해했지?"

앨리스는 여전히 어색해하면서 말을 꺼냈다.

이스카와 좀처럼 눈을 맞추지 못하는 것도 앨리스 나름대로의 죄책감 때문일까.

"――――도착했습니다."

그때 린의 사무적인 보고가 침묵을 깨뜨렸다.

정차.

아직 몸을 잘 움직이지 못하는 이스카는 눈을 굴려 창밖을 쳐다봤다. 그러자 휘황하게 빛나는 큰 건물이 눈에 띄었다.

"앨리스 님, 이 호텔 최상층에 있는 스위트룸으로 가시죠. ――그리고 제국 검사."

뒷좌석 문을 여는 린.

평소처럼 가정부 스타일로 옷을 입은 소녀의 차가운 안광.

"지금부터 네놈을 호텔로 데려갈 것이다. 입을 놀릴 수 있어도 함부로 큰 소리 내지 마라. 이곳은 네뷸리스 국내니까. 네놈을 도와줄 사람은 한 명도 없다."

"────."

"따라와라. 네놈은 앨리스 님의 포로다."

침묵을 지키는 이스카 앞에서 소녀 시종은 툭 내뱉는 말투로 그렇게 말했다.

"다시 말해 너는 앨리스 님의 개다. 그걸 잊지 마라."

"개, 개라니?! 이스카가…… 내 애완동물이라고?! 리, 린, 그러면 안 돼. 갑자기 그런 말을 하면 어떡해? 나더러 어쩌라고?!"

"앨리스 님, 제발 그만하세요! 긴장감이 싹 사라지잖아요!"

어휴. 린이 한숨을 쉬었다.

"아무튼 일단 가자. 일어나라. 네놈이라면 벌써 일어나서 걸을 수 있을 정도로 몸이 회복됐을 테지?"

2

제13주 알카트루즈──.

지금으로부터 50년 전. 독립국가 알카트루즈가 제국의 군사적 압력을 견디지 못하고 황청의 속국이 되기를 원했다. 그리하여 거대 연방「네뷸리스 황청」의 한 주로 다시 태어났다.

네뷸리스 황청의 인재 파견.

인간과 성령술사의 혼인.

속국이 되기 전에는 겨우 6퍼센트밖에 안 되었던「성령술사 비율」이 이제는 11퍼센트가 되었다. 즉, 열 명 중 한 명은 마녀나 마인이다.

……그중에서는 강한 성령을 가진 자도 나타나기 시작했다.

……순혈종 이외에도 강력한 성령술사가 지금도 꾸준히 늘고 있다.

그것이 알카트루즈에 관해 이스카가 아는 지식이었다.

다시 말해 그것 말고는 아무것도 몰랐다. 이를테면 **이 장소**도. 이 지역에 왕족이 묵는 고급 호텔이 존재한다는 사실조차 몰랐다. 그걸 아는 제국 병사는 아마 하나도 없을 것이다.

"이게 뭐야……?"

호텔의 왕족 전용 스위트룸.

이스카는 그 방으로 연행된 직후에 무심코 그런 말을 중얼거렸다. 이 거실만 해도 자기 방보다 열 배는 더 넓어 보였다.

호텔 최상층――.

벽은 한쪽 전체가 유리창으로 되어 있어서, 강철색 빌딩이 쭉 늘어선 풍경을 구경할 수 있었다.

8인용 식탁, 피아노, 당구대도 있었다. 이스카의 방과는 급이 달라도 너무 달랐다.

"아, 피곤하다. 차 안에서 이렇게 긴장한 것은 처음이야."
폭신폭신한 소파에 앉는 앨리스.
이토록 호화로운 내부 풍경을 보고도 놀라지 않았다. 오히려 참 익숙해 보였다.
"앨리스 님, 정말로 괜찮으시겠어요?"
"왜? 린."
"이 검사를 여기까지 데려오셨잖아요. 유치장으로 쓸 방도 하나 예약해놨으니까, 거기 감금해두면……."
"안 돼."
소파에 기대어 있던 앨리스가 몸을 일으켰다.
"거긴 호텔에서 가장 작은 방이잖아? 네뷸리스의 공주가 포로를 푸대접했다는 소문이 퍼지는 것은 싫어. 게다가 이번 일은 사정이 너무 특수해. 처우가 결정될 때까지는 적절한 대접을 해줘야 해."
"하, 하지만……!"
이스카 바로 옆에 서 있는 소녀 시종이 손가락으로 이스카를 가리켰다.
정확히 강철 수갑으로 묶인 두 손목을.
"이 검사는 역시 위험합니다. 제가 준비한 수면제를 먹었는데도 벌써 의식을 되찾았고, 심지어 걸을 수 있을 정도로 회복됐으니…… 이 녀석이 언제 앨리스 님을 덮칠지 몰라요."
"검이 없어도 위험하다고?"

"검이 없어도 위험해요. 밤중에 잠든 앨리스 님을 공격할 가능성도 있습니다. 남자란 생물은 하나같이 다 짐승이니까요."

"무슨 소리야?!"

"그게 뭔 뜻이야?!"

앨리스와 동시에 이스카도 소리를 질렀다.

그러자 린은 여전히 불만이 묻어나지만 다소 힘 빠진 표정으로 한숨을 쉬었다.

"……네, 알겠습니다. 하지만 포로를 감시할 필요성이 있어도, 이 남자를 앨리스 님과 한방에 묵게 할 수는 없습니다. 제가 이 방에 있겠습니다. 앨리스 님은 이 옆의 왕족 전용 스위트룸을 사용해주세요. 어차피 한 층을 다 빌렸으니까요."

"린, 네가 감시한다고?"

"네. 저녁식사 때까지는 아직 시간이 있으니, 앨리스 님은 좀 쉬세요."

"알았어. 린, 그를 잘 대접해줘."

왕녀는 이스카를 한 번 힐끗 보고 나서 우아한 걸음걸이로 몸을 돌렸다. 파티장같이 넓은 거실을 지나 호텔 복도로 나갔다.

"……가셨군."

방금 앨리스가 빠져나간 문을 잠그는 린.

소녀는 한 번 숨을 크게 내쉬더니 딱딱한 말투로 말을 꺼냈다.

"그 숲에서 만난 이후로 네놈과 이렇게 정식으로 마주하는 것은 처음이구나. 그게 네우르카 수해였나?"

"……맞아."

"그때 네놈의 위험성은 뼈저리게 경험했다. 이해도를 따진다면, 앨리스 님보다도 내가 더 정확하게 네놈의 위험성을 이해하고 있다. 그 점을 기억해둬라."

말 그대로.

그렇게 선언한 소녀의 눈동자에서는 앨리스 같은 온화함이라곤 전혀 찾아볼 수 없었다.

"나는 앨리스 님의 시종이자 호위병이다. 이런 근접전에도 익숙해."

이 시종이 주인보다 훨씬 더 적대적인 태도를 계속 유지하는 것도 이해가 갔다. 왕족 호위병으로서의 책무가 있을 테니까.

"그런 의미에서."

이스카가 막을 틈도 없이.

테이블 위에 놓여 있던 과일과 과도. 그중 후자를 집어든 소녀가 재빨리 자기 손등을 베었다. 몇 초 후 손등에 붉은 선이 생겨났다.

"?! 뭐…… 뭐 하는 거야?!"

"신경 쓰지 마라."

생긋 웃는 린.

이스카에게는 처음 보여주는 미소였다. 그러나 이스카는 곧 눈치챘다. 입은 웃고 있어도, 그 눈동자는 살기로 가득 차 있었다.
"구실을 만들고 싶었을 뿐이다. 내 정당방위를 입증해줄 증거 말이다."
"?"
"테이블에 놓여 있는 나이프를 발견한 네놈이 그걸 들고 나를 공격했다. 그러나 앨리스 님의 단 하나뿐인 우수한 호위병인 나는 그 공격을 종이 한 장 차이로 피하고, 손등은 다쳤지만 적을 무력화하는 데 성공했다——그것이 바로 나의 시나리오다."
그게 무슨 소리야.
난 아직 수면제의 영향으로 몸도 제대로 움직이지 못하는데. 애초에 양손에 수갑이 채워져 있어서 무력한 상태잖아.
"처음 만난 순간부터 직감했다."
린이 과도를 쥐고 천천히 발을 내디뎠다.
날카로워진 두 눈동자에서 결의의 불꽃이 타올랐다.
"이 제국 검사는 조만간 앨리스 님의 세계통일을 방해하는 가장 위협적인 존재가 될 것이다. 그래서 나는 결심했다. 지금은 앨리스 님께서 이해해주시지 않더라도, 먼 미래에는 틀림없이 이런 나의 행동을 칭찬해주실 것이다!"
"……설마?"
"제국 검사 이스카. 각오해라!"
소녀가 나이프를 치켜들었다.
"너는 여기서 앨리스 님의 미래를 위한 초석이 될 것이다. 세계통일을 위한 희생. 세계평화에 기여할 수 있다면 너도 만족할 테지!"

"전혀 만족할 수 없는데?!"

"목숨까진 빼앗지 않겠다. 그러나 앞으로 네놈은 전장에 서지 못할 것이다."

"노, 농담이지?!"

"농담이 아니다! 각오해라!"

호위이자 일류 암살자——

그 소녀가 진심으로 나이프를 휘두르려고 했다. 흑강의 후계자 이스카의 온몸에서 식은땀이 났다.

호텔 「그레고리오」.

그곳의 최상층 복도를 걸어가다가.

"아, 맞다. 잠시 쉬는 건 좋은데, 중요한 것을 깜빡했네?"

앨리스는 문득 멈춰 서서 뒤를 돌아봤다.

"이스카의 저녁밥. 나와 린만 먹을 수는 없잖아. ……앞으로 어떻게 될지는 모르지만, 아무리 포로여도 푸대접은 하면 안 돼."

린에게 말을 해야겠다.

오늘 왕족 전용 스위트룸으로 배달시킬 저녁식사는 3인분이다. 메뉴도 자기들과 똑같은 것으로 해야 한다.

"아, 냉파스타. 그거 좋지. 시장에서 단맛 나는 고당도 토마토를 발견하면 꼭 사서 만들어 먹어."

"맞아! 토마토 냉파스타 맛있지. 나도, 나도 좋아해!"

그런 대화도 자연스럽게 떠올랐다.

"……오늘 메뉴는 토마토 냉파스타로 할까."

이스카가 좋아할까?

아니면 깜짝 놀랄까? 또 독이 들어 있나 하고 의심할지도 몰라.

"후후, 조금만 겁을 줘볼까? 겁먹어도 귀여울 거야."

어쩌지?

내 마음대로 이스카의 표정을 상상하기만 해도 저절로 웃음이 나올 것 같았다.

"아, 큰일이다…… 이러면 안 돼. 이런 얼굴로 린을 만나면 또 혼날 거야. 이스카도 지금은 포로니까. 너무 친절하게 대해주면 안 돼."

보조키를 가지고 문을 열었다.

린이 이스카를 감시하고 있는 방. 그 문을 열자마자 앨리스는 힘차게 말했다.

"있잖아, 린. 중요한 것을 깜빡했는데. 오늘 저녁밥———린?"

한손으로 문을 연 채 딱딱하게 굳어버렸다.

거실 한구석. 그곳에서 앨리스가 본 것은, 커다란 소파 위에 함께 쓰러져 있는 이스카와 린의 모습이었다.

"크…… 너 이 자식, 설마 수갑을 차고서도 내 나이프를 받아낼 줄이야!"

"순순히 죽을 수는 없잖아!"

"제기랄, 끈질기구나. 빨리 포기하고 세계평화의 초석이 되어라!"

"순 억지잖아?!"

나이프를 꽂으려고 하는 린. 그 공격을 수갑 찬 양손으로 간신히 막아내고 있는 이스카.

둘 다 새빨개진 얼굴로 최선을 다해 공방전을 펼치고 있었다. 그 와중에——.

"앗, 앨리스?!"

발소리를 들은 이스카가 고개를 돌렸다.

"이봐, 시종. 네 주인이 돌아왔어! 이제 그만 포기하고 나이프를 거둬!"

"흥! 웃기지 마. 앨리스 님은 방금 자기 방으로 가셨거든?"

한편 린은 필사적으로 이스카를 제압하느라 상황을 파악하지 못했다. 이스카가 자기 등 뒤쪽을 뚫어져라 응시하는데도, 린은 뒤돌아보지 않고 대꾸했다.

"내가 그런 거짓말에 속아 넘어갈 것 같아?"

"진짜라니까!"

"흥, 진짜로 앨리스 님이 계신다면 이걸 그냥 두고 보실 리 없잖아?"

"——응, 그래서 지금 말리려고 했어."

"으응?"

얼빠진 소리를 내는 린의 등 뒤에서.

앨리스가 그 어깨에 손을 올리더니 다정하게 말을 걸었다.

"즐거워 보이네. 나도 끼워줄래?"

"……앨리스 님?!"

갈색 머리 소녀는 뒤를 돌아보더니 당황하여 어쩔 줄 몰랐다. 그 틈에 앨리스는 시종의 손에 들린 나이프를 빼앗았다.

"이스카는 내 포로야. 시종이 주인의 소유물에 손대다니, 이게 말이나 돼?"

차가운 눈빛으로 시종을 내려다봤다.

아무리 친한 사이여도 앨리스와 린은 주종관계다. 주인의 명령에 불복하는 자에게는 벌을 내릴 수밖에 없었다.

"린."

"……네."

"이게 벌써 두 번째야. 세 번째는 없을 줄 알아. 만약 또 이러면."

"……이러면?"

"한 달 동안. 너의 하루 세 끼 메뉴는 모조리 딸기 생크림 케이크가 될 거야. 아침에도 점심에도 저녁에도 칼로리 폭탄 같은 케이크를 먹게 될 거야. 한 달 후에는 차마 눈 뜨고 보지 못할 모습으로 변할 테지."

"아, 안 돼요오오오옷?!"

"네가 제멋대로 굴어서 그런 거야."

울며 쓰러지는 시종. 앨리스는 그 모습을 내려다보면서 위풍당당하게 팔짱을 꼈다.

"……앨리스 님. 준비해 왔습니다."

린이 아름답게 장식된 사슬을 꺼냈다.

"저로선 동의할 수 없습니다만, 앨리스 님께서 그렇게까지 말씀하시니 어쩔 수 없네요."

"네가 이스카에게 두 번이나 손대서 이러는 거잖아."

"……네, 그렇죠."

린은 들고 있는 사슬을 이스카의 수갑에다 연결했다.

"제국 검사. 이제부터는 앨리스 님이 네놈을 감시하실 것이다. 알았나?"

"난 처음부터 그런 줄 알았는데……?"

물론 린의 말뜻은 「이번에는 물리적으로 감시한다」는 의미일 테지만.

이스카는 이미 수갑에 구속된 상태인데.

그 수갑에 새로운 사슬이 더해졌고, 그 끝은 앨리스의 손목과 연결되었다.

앨리스의 손목에 있는 팔찌와 이스카의 수갑. 그 둘이 이 사슬로 연결되어 있어서, 이제 두 사람은 서로 3미터 이상은 떨어지지 못하게 되었다.

"이제 됐지? 린에게 맡겼다간 위험하니까. 지금부터 너는 내가 직접 감시할 테니 영광으로 알아. 알았지?"

"……아, 그래."

이스카의 수갑이 앨리스의 팔찌와 사슬로 연결되어 있으므로 서로 강제로 붙어 있을 수밖에 없었다. 그래도 이스카는 일단 린의 감시에서 벗어나서 안도했다.

"계속 이대로 있을 거야?"

"당연하지. 린이 그랬거든. 수갑만 채워놓으면 안심이 안 된다고."

오른손의 팔찌를 들어 올리는 앨리스.

"이 사슬로 나와 연결되어 있는 한, 너는 마음대로 움직이지 못할 거야. 그리고 열쇠는 린이 지킬 거야. 이로써 넌 나의 감시하에 있게 된 거지!"

공주님은 어쩐지 좀 즐거워 보였다.

"후후, 가끔은 이러는 것도 재미있네. 적국의 강자를 이렇게 가까운 곳에 묶어두다니. 왠지 긴장감이 느껴져서 좋은걸?"

"취향이 이상하네?"

"아, 아니거든?! 난 그저…… 너를 완벽하게 감시하고 싶은 것뿐이야. 각오해. 앞으로 너는 하루 종일 나의 감시를 받게 될 거야."

얼굴이 새빨개진 앨리스.

그 말을 듣고 이스카의 머릿속에 사소한 의문이 떠올랐다.

"저기, 앨리스. 정말 이상한 질문 하나 해도 돼?"

"뭔데? 아, 물론 수갑은 안 풀어줄 거야. 제국 측에서 포로 해방 이야기를 꺼낼 때까지, 넌 나의——."

"우리는 이 사슬로 연결되어 있잖아."

잘그락. 수갑에서 길게 뻗어 나온 사슬을 만지면서 말했다.

"그럼 화장실은 어떻게 갈 거야?"

"뭐?"

"……아니, 그게. 그렇잖아."

이스카의 수갑과 앨리스의 팔찌는 사슬로 연결되어 있다. 그렇다면 화장실에 들어가도 사슬 때문에 문을 닫지 못할 것이다. 또 목욕할 때도 마찬가지였다. 이런 사슬로 이어진 상태에서는 언제 어디서나 앨리스 옆에 이스카가 있을 수밖에 없었다.

"목욕할 때는? 잠잘 때는 어떡할 거야?"

"————."

침묵하는 소녀.

그 얼굴이 서서히 빨개졌다.

"큰일 났다!!"

"생각도 안 해봤구나……?"

"왜 그걸 미리 말해주지 않은 거야?! 세상에! 설마 처음부터 이런 상황을 노렸던 거야? 너 그렇게 파렴치한 인간이었어?!"

"이건 스스로도 충분히 생각할 수 있는 문제잖아?!"

나도 이런 말 하고 싶지 않았다.

왜 포로가 일부러 상대의 화장실이나 목욕 사정까지 걱정해줘야 한단 말인가?

"아니, 하지만――――――."

그 순간 앨리스가 딱딱하게 굳어버렸다.

퍼뜩 뭔가 깨달은 것처럼 눈을 크게 뜨더니, 갑자기 꼬물거리기 시작했다.

"앨리스……?"

"…………아………… 어쩌지."

"왜?"

"…………네, 네가 그런 말을 해서 그래."

기어 들어가는 목소리로.

네뷸리스 황청의 공주님은 울상을 지으며 고백했다.

"……그, 그러고 보니 오랫동안 못 가서…… 그래서…………."

"설마, 화장――."

"더 이상 말하지 마!"

공주님이 울먹이면서 슬금슬금 무릎을 모았다.

"너한테는 섬세함이 부족해. 알았니? 소녀는 화장실에는 가지 않아. 가서도 그냥 화장을 살짝 고칠 뿐이야!"

"그럼 부끄러워할 필요도 없잖아?!"

"린, 비상사태야! 당장 열쇠로 내 사슬을 풀어줘! ……어? 린?"

"아까 밖으로 나갔잖아. 저녁식사 3인분을 주문한다면서 셰프 만나러 갔어."

"린, 이 바보야————————!!"

당장 돌아와줘.

비통한 앨리스의 비명이 호텔 최상층에 울려 퍼졌다.

3

성(聖) 엘자리아 대하(大河).

만년설로 덮인 산맥에서 출발해 광대한 고원을 지나 큰 바다에 이르는 강. 전체 길이가 4,000킬로미터나 되는 세계 유수의 강이다.

——자연 국경.

이 탁류 건너편은 네뷸리스 황청의 국토다.

"그랜드골 철교. 저쪽 강변으로 넘어가는 다리가 곧 국경 검문소."

소형차 운전석에서.

진은 창틀에 팔꿈치를 대고 턱을 괸 채, 철교 밑을 흐르는 탁류를 내려다봤다.

밤 열 시.

강물의 흐름은 밤의 어둠에 뒤덮여 거의 보이지 않았다. 감시등의 빛이 닿는 부분에서만 탁류가 언뜻 보일 뿐이었다.

“이 거대한 강을 헤엄쳐서 건너가는 것은 자살행위. 황청에 들어가려면 이 다리의 국경 검문소를 무조건 통과해야 한다…… 이 거지.”

과거에 제국이 파견한 첩보 부대 중 대부분은 이 국경 검문소를 통과하는 데 실패했다.

——성문 심판.

네뷸리스 황청의 국경 검문소에서는 성문의 유무가 심사 기준에 큰 영향을 준다.

″황청은 이 별의 모든 성령술사들을 환영합니다.″

″황청에서 태어난 자, 중립도시에서 태어난 성령술사도 모두 다 평등합니다.″

제국은 성문을 지닌 사람들을 모조리 잡아들이려고 한다.

그런 동지들을 보호한다는 국가의 방침상, 네뷸리스 황청의 입국 심사는 성문을 가진 자에게는 상당히 「관대한」 편이었다.

“……일단 성공했나?”

자신의 오른쪽 발목. 양말에 가려져서 지금은 안 보이지만, 그 살갗에는 희미하게 빛나는 인공 성문이 새겨져 있었다.

진은 이 성문으로 멋지게 성문 심판을 통과했다.

“검사관의 육안 확인과, 성령 에너지 기기 측정. 난 겨우 5분 만에 끝났는데…… 생각보다 늦는군. 보스도 네네도.”

성문 심판은 남녀가 따로따로 받는다.

얼룩이 생겨나는 신체 부위는 천차만별. 어떤 사람은 남들에게 보여주기 힘든 곳에 성문이 생길 수도 있고, 옷을 벗어야 하는 경우도 있다. 그래서 늦는 건가?

아니면――.

"설마 들키진 않았겠지?"

신분증은 중립도시 신분증을 위조했다.

물론 옷도 준비했다. 현재 진은 전투복을 벗고 캐주얼한 긴 바지와 재킷을 입고 있었다. 애용하는 저격총도 일반인이 소지할 수 있는 엽총으로 위장해놓았다.

제국 병사라고 의심받을 만한 요소는 없었다.

그건 미스미스 대장도, 네네도 마찬가지일 터.

"진 군, 오래 기다렸지?"

"앗, 진 오빠도 벌써 와 있었네! 너무 빠르지 않아?"

사랑스러운 목소리 두 개가 울려 퍼졌다.

정지해 있는 자동차 앞쪽으로 캐주얼한 옷차림의 소녀들이 뛰어왔다.

"진 군, 진 군, 어땠어?"

"아무 일 없었어. 들켰으면 이렇게 차 안에서 느긋하게 기다리고 있겠어?"

"……아, 다행이다. 괜찮았구나."

미스미스 대장은 가슴에 손을 대고 안도의 한숨을 내쉬었다.

대장은 원피스 위에 겉옷을 걸치고 있었다.

제국 전투복을 입고 있을 때에는 그나마 보수적이고 어른스러운 느낌이 나기도 했는데, 이렇게 편한 옷을 입으니 아무리 봐도 십대 중반처럼 보였다.

또 언제나 짧게 묶는 머리카락도 오늘은 풀어버려서 평소보다 좀 더 자유로워 보였다.

"그런데. 보스, 네네, 둘 다 너무 늦었어."

"아~ 그게. 주민등록표를 체크하는 데 시간이 걸려서."

그렇게 대답한 네네는 얇은 캐미솔과 날씬한 청바지를 입고 있었다. 역시나 편하고 활동적인 복장이었다.

"검사관이 대장님을 의심했거든. 나이 속인 거 아니냐? 하고."

"아~ 이 어린 척하는 사람이 의심받았구나?"

"어린 척하는 거 아니거든?! 진 군, 스물두 살도 충분히 젊은 거야. 멋진 숙녀라고!"

뺨을 볼록하게 부풀리는 여대장.

실제 나이는 스물두 살. 그러나 영화관에서는 일부러 저렴한 어린이 요금을 지불하는 것을 보면, 아마 본인도 자기 외모를 자각하고 있을 것이다.

"아무튼 무사히 통과한 거 맞지? 우리 이제 국경 검문소를 지나가도 되는 거지……?"

미스미스 대장이 두리번두리번 주위를 둘러보면서 뒷좌석에 올라탔다.

주위에는 오늘의 마지막 입국 신청자들이 있었다.

그중 대부분은 성령술사가 아니라 중립도시에서 온 관광객이나 무역상이었다. 성문이 없는 그들의 신분 검사는 엄격하게 진행되고 있을 것이다.

“저기, 있잖아. 진 오빠. 그쪽에는 성령 부대 있었어?”

“거의 없었어. 명색이 대국인데, 제국과 전쟁 중이긴 해도 너무 팍팍한 모습은 보여주고 싶지 않았을 테지.”

철교 위에 있는 성령 부대의 숫자는 고작 몇 명이었다.

그들은 네뷸리스 성령 전투복을 입고 있으므로 금방 알아볼 수 있었다.

“아마 일반 여행객들 틈에도 숨어 있을 거야. 보스, 조심해. 여행자인 줄 알고 무심코 말을 걸었는데, 알고 보니 변장한 성령 부대였다!라는 사태가 발생하면 웃어넘기지 못할 테니까.”

“나, 나도 알아!”

뒷좌석에 탄 미스미스 대장과 조수석에 탄 네네.

세 사람을 태운 소형차는 철교 위로 달려갔다. 국경선을 나타내는 선이 차도에 그어져 있었다. 저 선만 넘으면 거기서부터는 황청 영토다.

“……넘었다! 와, 우리가 해냈어! 국경을 넘었어, 그렇지?”

미스미스 대장이 작게 환성을 질렀다.

“이제 특무의 제1단계는 완료됐어. 리샤한테 처음 특무 이야기를 들었을 때에는 우리는 다 죽었구나~ 하고 생각했었는데.”

"지금부터가 중요해. 보스, 정신 똑바로 차려."
앞 유리에 비친 철교 너머의 풍경──.
회색 빌딩숲.
네뷸리스 황청 제13주 알카트루즈. 여기서부터는 제국군이 알고 있는 정보도 적었다.
"이스카는 어제 정오에 끌려갔지?"
"으, 응!"
"그럼 이스카를 끌고 간 빙화의 마녀는 오늘 낮에 이곳을 지나쳤을 거다. 우리는 심야에 도착. 0.5일쯤 차이가 나는군."
열 시간 차이가 나는 추적.
중립도시 에인에서 이 황청 국경까지 오려면 자동차로 딱 하루쯤 걸린다.
그럼 제907부대는 어떻게 한 걸까?
리샤의 협력으로 제국군 수송기를 차용. 이 국경과 가장 가까운 중립도시까지 날아간 다음에 자동차로 갈아타고 전속력으로 여기까지 달려온 것이었다.
한 부대가 이보다 더 빠르게 상대를 추적하지는 못할 것이다.
"그 녀석들은 벌써 옛날에 제13주의 도심부에 도착했을 거야. 지금은 어디로 갔을지 모르겠군."
사람 하나를 감금할 장소는 얼마든지 있다.
광대한 주 안에서 그걸 어떻게 찾아내면 좋을까.
"사막에 묻힌 진주 한 알을 찾아내는 거나 마찬가지지. 이번만은 요행을 바라지 않을 수 없어."

"……응, 그렇지."

뒷좌석에 있는 조그만 여대장은 무릎 위에서 손을 꽉 쥐었다.

기도하듯이 두 손을 모았다.

"아아, 이스카 군. 제발 무사히 있어줘."

"목숨이 붙어 있으면 다행이지. 어쩌면 고문을 받아서 팔이나 다리가 썰렸거나, 자백제를 먹어서 맛이 가버렸을지도 몰라."

"진 군, 그런 말 하지 마!!"

"각오는 해두라는 거야. 물론 무사하다면 제일 좋겠지만."

운전석에서 핸들을 꽉 쥐었다.

그 손이 축축하게 젖어 있음을 깨닫고 진은 가볍게 혀를 찼다. 손바닥에서 땀이 나다니, 이게 얼마 만일까. 저격총을 쥐고 있을 때에는 오랫동안 경험해보지 못한 일이었다.

"찾아낼 수 있으면 좋을 텐데. 뜬구름 잡는 심정이다."

"이스카 오빠, 제발 무사하길……!"

네네가 낮은 목소리로 중얼거렸다.

"이스카 오빠한테 무슨 일이라도 있으면, 네네의 실험 위성 병기로 이곳을 불바다로 만들어버릴 거야……."

"네네야, 너 무서워!!"

"네네는 지금 진심으로 말한 거야!"

"둘 다 조용히 해. 여긴 적국이다. 차에 타고 있어도 누군가가 우리 대화를 엿들을 가능성은 없지 않아."

성령은 위험하니까 조심해야 한다.

"이곳은 마녀와 마인의 나라다. 마을 사람들의 대화를 알아듣는――감시 능력을 가진 녀석이 있을지도 몰라."

그게 바로 네뷸리스 황청.

마녀의 나라는 「인간」의 상식을 초월한 세계이다.

4

제13주 알카트루즈.

호텔 최상층에 준비되어 있는 왕족 전용 스위트룸은 현재 부드럽고 달콤한 향기로 감싸여 있었다.

물방울이 톡톡 부서지는 소리.

욕실에서 피어나는 하얀 수증기. 덤으로 가혹한 훈련을 통해 단련된 이스카의 청력은 굳이 귀를 기울이지 않아도 소녀의 노랫소리까지 알아들을 수 있었다.

욕실에서 들려오는――.

앨리스의 즐거운 콧노래 소리.

"…………."

거실 한구석에 똑바로 서 있으란 명령을 받고.

양손에는 수갑을 차고 있었다.

……내가 뭐 하는 걸까.

……고문은 아니지만, 왠지 무척 비참한 꼴을 당하는 것 같은데.

적인 나를 거실에다가 방치해두고.

네뷸리스 황청의 공주가 우아하게 목욕을 하고 있는 이 상황. 적인 이스카의 솔직한 심정을 말하자면, 아무래도 황청 측이 자기를 우습게 보는 것처럼 느껴졌다.

……분하다. 이런 상황에서 오히려 한 방 먹여주고 싶은데.

……지금 여기서 내가 욕실로 들어가면 진짜로 오해가 생길 것 같았다.

적국의 왕녀에게 도전하는 용감한 제국 병사. 원래는 그래야 하는데.

목욕하는 젊은 아가씨한테 몰래 접근하는 치한이 되어버릴 것이다.

"이봐, 제국 검사."

"앗."

사슬이 확 당겨지자, 거기 연결된 수갑이 그의 손목을 죄었다.

"혹시라도 이상한 생각 하지 마라."

사슬을 쥐고 있는 소녀 시종 린.

앨리스가 목욕하는 동안에는 주인의 팔찌를 이 소녀가 차고 있었다.

"내가 감시하는 이상, 앨리스 님의 욕실에는 단 한 걸음도 다가가지 못한다."

"……보통은 여기서 욕실에 들어가기보다는 도망칠 방법을 생각하지 않을까?"

"뭐라고? 역시 도망칠 생각이었구나!"
"아니, 그냥 예를 들어본 거야!"
"난 상관없다. 네놈이 도망친다면, 이번에야말로 그걸 이유 삼아 너를 갈가리 찢어버릴 것이다. 그때는 앨리스 님도 못 말리실 테지."
적의를 숨기려고 하지도 않았다.
"질문이 하나 있는데."
"내가 순순히 대답해줄 것 같나?"
"난 앞으로 어떻게 되는 거야?"
"———."
소녀의 비웃음이 순식간에 고요하고 진지한 표정으로 바뀌었다.
갈색 머리 소녀는 바로 옆에 서 있는 이스카를 쳐다보더니 한숨을 쉬었다.
"중립도시의 규칙을 어긴 것은 황청 측이다. 그래, 좋아. 그 점을 인정하고 솔직히 대답해주마. 어차피 네놈은 기도하는 것 말고는 방법이 없을 테지만."
"기도라니?"
"나와 앨리스 님의 의견이 충돌하고 있다. 앨리스 님은 아직 네놈에 대한 처우를 결정하지 못하셨다. 그러나 나는 너를 영원히 이 지역에 가둬버리자고 제안했다."
유리로 된 벽면을 힐끗 봤다.
이곳은 호텔 최상층. 도시의 야경이 한눈에 보였다. 소녀는 빌딩으로 가득 찬 지평선을 손가락으로 가리켰다.

울퉁불퉁하게 생긴 기괴한 탑——.

자세히 보니 지평선 저 먼 곳에 그런 탑이 두세 개쯤 있었다.

"50년 전에 이곳은 아직 황청의 주가 아니라 독립국가 알카트루즈로서 번영하고 있었다. 근처에 있는 도시들과 특별한『무역』을 하는 국가로서."

"무역이라니……?"

"죄수 무역."

소녀의 말을 듣고 이스카는 한순간 자기 귀를 의심했다.

무역? 죄수 무역이라니, 그게 뭐야?

"큰돈을 받는 대신에 자국, 타국 가리지 않고 어디에서나 죄수들을 다 데려와서 수용한 것이다. 이 나라는 그런 식으로 발전해왔다. 중립도시의 범죄자, 황청의 난봉꾼을 감금해주면서 말이지."

강철 빌딩들.

그것은 제국군의 화포에 대항해 도시를 지키기 위한 수단이었으며, 그와 동시에 또 흉악한 죄수가 탈옥해서 날뛸 경우에 주민들을 지키기 위한 방어 수단이었다.

"……그렇다면, 저 탑은."

"감옥탑이다. 각오해둬라. 나는 저 탑들 중 하나에 네놈을 가둬야 한다고 앨리스 님께 진언했다. 앨리스 님을 위해서 그렇게 해야 한다고."

"————."

"분하냐? 그러나 이것은 네놈이 선택한 결말이다. 제국 검사."

이스카와 연결된 사슬을 꽉 움켜쥐는 소녀.

"앨리스 님은 이미 너에게 한 번 손을 내미셨다. 그걸 거부한 것은 네놈이다."

"나도 알아."

여기서 굳이 일깨워주지 않아도 잘 알고 있었다. 이스카는 앨리스의 제안을 거절했다. 그리고 지금 똑같은 제안을 받더라도 생각을 바꿀 마음은 전혀 없었다.

"너, 나의 부하가 되어라. 너는 제국에서 온 망명자가 되는 거야."

"안 돼. 나는 네뷸리스의 아군이 될 생각은 없어."

똑같은 길은 걷지 못한다.

이스카가 황청 편에 붙더라도, 앞으로 양국의 평화라는 미래는 꿈꿀 수 없을 테니까.

"사실 앨리스 님은 아직 망설이고 계신다. 이번 일은 정당성이 턱없이 부족하다면서."

"…………."

"이번에 나는 두 번 독단적인 행동을 했다. 네놈에게 독을 먹이고, 좀 전에 너를 공격했다. 앨리스 님의 시종으로서 세 번이나 그런 짓을 할 수는 없다. 이제는 그저 그분의 결정에 복종할 따름이다."

시종의 의무——.

앨리스가 "그를 투옥하라"고 명령하면 그렇게 할 거고, "그를 풀어줘라"라고 하면 국경 밖으로 데려갈 것이다.

"쳇."

소녀가 떫은 표정을 짓더니, 얼굴을 반대쪽으로 홱 돌렸다.

"내가 네놈과 이야기했다는 사실은 말하지 마라."

"시종답지 않은 행위여서?"

"……아니다. 앨리스 님은 너한테는 은근히 무른 편이니까. 만약 내가 네놈과 친해졌다고 그분이 오해하시기라도 한다면 ———."

그 순간 욕실에서 발소리가 났다. 희미한 콧노래 소리도 아까보다 좀 더 또렷해졌다.

"휴. 이제야 개운해졌네."

즐거움이 묻어나는 앨리스의 목소리.

"왕궁의 넓은 욕탕도 좋지만, 호텔에서 가볍게 하는 목욕도 나쁘진 않은 것 같아. 밤 시간을 느긋하게 보낼 수 있잖아?"

욕실에서 거실로 걸어오는 소녀.

"아, 린. 내 옷은 어디 있어?"

"…………어……."

"…………앨리스 님."

상기된 뺨에 손을 대고 만족스러워하는 공주님.

그러나 그녀를 본 이스카와 린의 표정은 동시에 얼어붙었다.

"내 옷――――어, 어――――?"
머리에 수건만 두른 앨리스.
환한 조명에 비춰진 소녀는 실오라기 하나 걸치지 않은 알몸이었다.
투명하리만치 새하얀 피부.
목욕으로 혈액순환이 좋아져서 그런지 뺨과 귓불이 다소 발그레하게 물들어 있었다.
목덜미에서 쇄골 쪽으로 굴러 떨어지는 물방울. 그것이 앨리스의 풍만한 가슴 사이로 흡수되듯이 들어가서 복부와 배꼽으로 흘러내려갔다.
그 모습은 더없이 아름답고 빛이 났다.
"……어머나?"
어째서 이스카가 여기 있는 걸까?
나신의 미소녀가 그런 얼굴로 멍하니 눈을 깜빡거렸다. 그러나 그 직후.
"꺄, 꺄아악――――――?!"
네뷸리스 황청의 공주님은 깨끗이 잊고 있었다.
이곳에는 자신과 린뿐만 아니라 다른 사람도 있다는 사실을.
"자, 잠깐만, 아, 아냐! 이스카, 나는……!"
머리의 수건을 풀어 가슴을 가렸다.
이어서 몸 앞면을 가리려고 휙 돌아섰다. 이성. 그것도 적국의 병사에게 맨몸을 보여주지 않으려고 앨리스가 그렇게 행동한 것은 자연스러운 일……이었을 텐데.

그러나.

"……성문?"

"――――――――!"

이스카가 반사적으로 중얼거린 한마디. 금발 소녀는 흠칫 놀랐다.

등 돌린 네뷸리스의 공주.

그 목덜미와 등과 양어깨를 뒤덮은 거대한 별의 얼룩.

――날개처럼 생긴 새파란 성문이 그곳에 자리 잡고 있었다.

마녀의 증거.

100년 전부터 오늘날에 이르기까지 제국이 「인간 아닌 자의 상징」이라면서 박해해온 흔적. 그리고 앨리스의 등에 있는 성문은 이스카가 본 그 어느 누구의 성문보다도 거대했다.

그 빛도 특별했다.

성령술을 발동시키지도 않았는데 그것은 다른 성문보다 훨씬 더 강하게 빛나고 있었다.

"…………."

전장에서 이스카는 앨리스의 성문을 보지 못했다.

못 본 게 당연했다. 화려한 드레스. 무엇보다도 앨리스 본인의 아름다운 금빛 머리카락이 등을 완벽하게 가리고 있었으므로.

"…………이스카."

사라질 듯한 목소리. 등을 돌린 채——.

거대한 성문을 보여주는 자세로. 마녀로서 두려움의 대상이 되어온 소녀는 조그맣게 말을 이었다.

"**이거** 말인데. 넌 어떻게 생각해?"

마녀의 얼룩.

태곳적부터 악마의 증거로서 두려움의 대상이 되어온 저주의 상징.

낯설기만 한 커다란 무늬가 은은하게 빛나는 그 모습은, 확실히 '저주의 힘이 맥동한다'고 하면서 무서워하는 사람도 있을 법했다.

제국이 충분히 「괴물」로서 두려워할 만한 마녀의 얼룩이 앨리스의 등에 떠올라 있었다.

"……기분 나쁘니?"

"앨리스 님?! 잠깐만요, 무슨 말씀 하시는 겁니까?!"

이스카의 옆에 있던 시종이 몹시 당황하여 허둥지둥 주인 곁으로 달려갔다.

물방울이 똑똑 떨어지는 어깨를 힘껏 끌어안더니.

"성문은 우리의 긍지입니다. 여왕님께서도 말씀하셨잖아요. 앨리스 님의 성문은 그 누구보다도 멋지다고요. 부끄러워하실 필요가 뭐가 있나요?!"

"고마워, 린."

시종에게 고마워하는 공주.

"하지만 그건 자칭에 불과하지. 악마의 저주. 흐귀병. 얼룩으로 표현된 괴물의 얼굴――제국에서는 그렇게 불린다는 것은 잘 알려진 사실이잖아."

"…………."

"제국만 그런 게 아니야. 중립도시에서도 대놓고 그런 말 하는 사람은 적지만, 성령술사를 싫어하는 사람들의 세력도 뿌리가 깊어."

"…………앨리스 님……."

"오해하지 마. 린. 난 그런 것에는 신경 안 써. 누가 뭐라고 하든지 상관없어. 네 말이 맞아. 성문은 나의 긍지. 하지만――."

금발 소녀가 이쪽을 돌아봤다.

고작 얇은 천 하나로 가슴을 가리고 있는 젊은 왕녀가 이스카의 눈앞에서 입을 열었다.

"왠지 모르게…… 네가 어떻게 생각하는지. 그것만은 알고 싶어. 들킨 이상, 이건 꼭 물어봐야 한다고 생각해."

앨리스의 등에 떠오른 성문은 유난히 크고 복잡한 무늬였다.

――이것을 보면.

――이스카의 마음속에서 자기 이미지가 바뀔지도 모른다.

무섭다.

그래도 물어보고 싶다. 영혼 없는 거짓말로 곱게 덮어버리는 것보다는 차라리 솔직한 감상을 듣고 싶다.

흔들리는 앨리스의 눈동자가 그렇게 말하는 것 같았다.
"기분 나쁘다고 생각하니? 방금 너는 내 성문을 보자마자 숨을 들이켰잖아. 왜 그랬어?"
"________."
"솔직하게 말해줘. 무슨 말을 해도 화내지 않을게. 기분 나쁜 마녀라고 해도, 난 너에 대한 태도를 바꾸지 않을 거야. 단지…… 너의 속마음을 알고 싶어."
앨리스리제 루 네뷸리스 9세.
아름다운 소녀의 눈가는 발갛게 부어올라 있었다.
"저기――."
"내가 아는 제국의 대장 중에서 『마녀』가 된 사람이 있어."
이스카는 딱 한마디만 했다.
마주 선 적국의 왕녀. 불안한 눈동자로 이쪽을 쳐다보는 소녀를 향해.
"…………."
왕녀는 침묵했다.
앨리스, 너도 아는 사람이야. 이스카는 목구멍까지 올라온 그 말을 간신히 삼켰다.
미스미스 대장의 이름은 밝힐 수 없었다. 아니, 그래도 앨리스라면 알아차렸을지도 모른다. 미스미스 대장이 볼텍스에 빠진 것을 봤으니까.
"……네가 하고 싶은 말이 뭔지 모르겠어."

잠시 후. 소녀는 살래살래 고개를 저었다.

"그게 무슨 상관인데? 제국 병사가 마녀가 되었다? 지금 내가 듣고 싶은 이야기는 그런 게 아니야. 난 너 자신의———."

"상관이 있어."

그는 곧바로 말을 이었다.

"그 사람은 지금도 여전히 제국의 대장이야. 마녀가 되었어도. 성문이 있어도. 나는 그 사람을 존경해."

"…………."

"제국과 황청이 서로 대립하는 근본적인 원인이 성문이야? 지난 100년 동안 전쟁이 계속된 이유가 성문이야? 그게 아니잖아. **별의미도 없는 그런 얼룩**의 유무 따윈 중요한 게 아니야."

제국 병사도, 성령 부대도.

100년 전 전쟁의 계기가 무엇인지는 이제 그 누구도 신경 쓰지 않는다. 그것조차 모르는 채로 계속해서 싸우고 있다.

"누가 먼저 공격했느냐? 그게 문제가 아니야. 이 전쟁은 이제 「끝없는 복수의 맞대응」이 되어버렸어. 무엇이 잘못됐느냐 하는 차원에서는 이미 벗어났다고 생각해."

"…………그래."

소녀의 입술에서 갈라진 목소리가 흘러나왔다.

"……네 말이 맞아. 나와 린이 너와 싸우는 이유도 마찬가지야. 나는 너를 미워하지 않아. 단지 날 때부터 그런 숙명을 지니고 태어났을 뿐이야."

"그럼 성문은 상관없지 않아? 그저 어느 나라에 태어났느냐가 문제인 거지."

"!"

빙화의 마녀가 눈을 휘둥그렇게 떴다.

드디어 깨달은 것이다. 이스카가 은연중에 전하려고 하는 메시지가 무엇인지.

——대립하는 것은 사상과 입장이다.

미스미스가 마녀여도 제907부대의 대장인 것은 틀림없는 사실이다. 왜냐하면 미스미스가 지금도 자기 신념을 관철하고 있기 때문이다.

"내 성문에는 신경 쓰지 않는다? 그런 뜻이니?"

"신경 쓸 이유가 없어."

"……정말로? 내 얼룩이 이런데도? 너 아까는 깜짝 놀랐잖아."

"내가 봤던 어떤 성문보다도 더 컸으니까. 솔직히 말해서 좀 놀랐어. 하지만 그건 세상에서 제일 커다란 개를 봤을 때의 놀라움과 비슷한 거야."

침묵.

그리고 잠시 후.

"……너무하잖아."

그 말투와는 대조적으로.

네뷸리스의 공주는 눈에 눈물을 머금고 살짝 웃음을 터뜨렸다.

그 입가에 희미하게 되살아난 애교 있는 미소. 그건 아마 잘못 본

게 아닐 것이다.

"너무해. 좀 더 멋지게 비유해도 되잖아? 커다란 개가 아니라 커다란 보석을 봤다고 해주면 안 돼?"

"난 보석은 잘 몰라. 제국의 하급 병사니까."

"……흥, 바보."

피식 웃는 소녀.

웃음과 더불어 뺨을 타고 흘러내린 눈물방울. 그 한 방울을 손가락으로 닦아냈다.

"좋아, 그럼 넌 나를 뭐라고 생각하는데? 마녀 말고."

"앨리스, 너를 어떻게 생각하느냐고?"

"응. 나를 기분 나쁜 마녀라고 생각하지 않는다면, 네가 나를 어떻게 여기는지 가르쳐줘."

"전장의 라이벌."

"————이 무례한 것!! 앨리스 님께 감히 무슨 짓을……!"

그동안 분위기에 압도되어 있었던 린이 그 한마디를 듣고 눈을 부라렸다.

가까이 있는 이스카를 노려보면서 질타했다.

"앨리스 님은 우리 네뷸리스 황청의 왕녀님이시다. 아무리 실력이 있어도, 너 같은 일개 병졸이 쉽게 라이벌이라고 부를 정도로 대등한 상대가——."

"난 상관없어."

"그래, 상관없다. 알겠느냐! …………네?!"

린은 놀라서 입을 반쯤 벌렸다.

이어서 반사적으로 고개를 돌린 소녀 시종은 믿을 수 없는 광경을 보았다.

"……앨리스 님?"

"이제야 겨우 내 마음속의 앙금이 사라졌어. 맞아, 난 그 대답을 듣고 싶었어."

이스카를 손가락으로 가리키는 빙화의 마녀 앨리스.

"나를 특별 취급하지 않는 무례한 녀석. 그래, 넌 그러면 돼."

눈을 반짝반짝 빛내면서.

마치 궁지에 몰린 자신에게 찾아온 영웅을 본 공주님처럼, 환희에 찬 표정을 짓고 있었다.

마녀도.

성령술사도.

왕녀도 아닌——.

있는 그대로의 자신을 보아준 첫 번째 사람.

″……나 혼자만 그렇게 생각하는 게 아니었어.″

″너도 나를 라이벌로 의식하고 있었구나.″

그래서 정말로 기쁘다.

소녀의 힘찬 목소리가 그 무엇보다도 명료하게 그런 마음을 표현해줬다.

"그리고 미안해. 뜬금없이 이런 질문을 해서……."
앨리스가 쑥스러운지 고개를 저쪽으로 돌렸다.
"상대가 다른 제국 병사였다면 나도 이렇게까지 흥분하진 않았을 거야. 상대가 너라서. 도저히 가만있을 수 없었어."
"앨리스. 나도 중요한 이야기를 하고 싶어."
"뭔데?"
"……저기…… 이제 그만 옷을. 최소한 속옷만이라도 입어주지 않을래?"
"뭐?"
온몸이 촉촉하게 젖은 소녀.
방금 그 대화로 인해 긴장이 탁 풀렸는지, 앞을 가리던 수건이 손안에서 미끄러져 떨어졌는데도 앨리스는 미처 눈치채지 못했다.
물방울이 맺힌 완벽한 나신이 이스카의 눈앞에――.
"꺄악?!"
앨리스의 얼굴이 또다시 새빨갛게 변했다. 바닥에 떨어진 수건을 허겁지겁 집어 들어 이번에야말로 꼼꼼하게 자기 몸을 가렸다.
"이, 이스카! 너 정말 파렴치하구나! 어딜 그렇게 뚫어져라 보는 거야?!"
"앨리스, 네가 스스로 보여준 거잖아?!"
"일부러 그런 거 아니거든?! 치, 치사해. 이스카. 라이벌이라고 할 거면 당연히 대등하게 싸워야 하는 거 아냐? 내 알몸을 봤으

니, 너의 알몸도 보여줘!"

"앨리스, 무슨 말을 하는 거야?!"

"이성을 잃으셨나?! 앨리스 님, 제발 정신 차리세요!"

야밤의 왕족 전용 스위트룸.

그곳에서 한 소년과 두 소녀의 비명이 울려 퍼졌다.

Intermission
『암약』

the War ends the world /
raises the world

아침 안개로 뒤덮인 강철 도시──.

국경에서 흐르는 성 엘자리아 대하의 물살이 밤바람에 휘말려 올라와 무수한 물방울로 변해서 새벽 거리를 덮었다.

네뷸리스 황청 제13주 알카트루즈.

빌딩숲 사이로 서서히 떠오르는 아침 해. 그 빛을 받으면서 은발 저격수는 자동차 안에서 하품을 씹어 삼켰다.

"차 안에서 자는 것도 오랜만이군. 이봐, 네네. 일어나."

"……진 오빠. 지금 몇 시야?"

"여섯 시."

"어우. 벌써 여섯 시야?"

조수석에서 등받이에 기대어 잠들어 있던 네네가 일어났다. 흐트러진 머리카락을 하나로 모아 평소처럼 포니테일 스타일로 묶었다.

"대장님? 대장님도 일어나야지~."

"…………."

"진 오빠. 대장님이 푹 잠들었어."

뒷좌석을 본 네네가 쓴웃음을 지었다.

결코 넓지 않은 뒷좌석에서 몸을 동그랗게 말고 새근새근 귀여운 숨소리를 내면서 잠자고 있는 푸른 머리 여대장.

작은 체구의 장점을 완벽하게 살려 숙면하고 있었다.

“어쩌지?”

“우리는 관광하러 온 게 아니야. 빨리 깨워.”

“알았어~. 저기요, 대장님. 대장님——?”

네네가 뒷좌석으로 몸을 쑥 내밀었다.

그런데.

그 순간, 여대장이 베개 삼아 베고 있던 통신기에서 큰 소리가 났다. 미스미스의 고막을 뚫어버릴 기세로 착신음이 울려 퍼졌다.

“꺄악?! 뭐, 뭐야?! 진 군이야, 아니면 네네야?! 어휴, 좀 살살 깨워줘……!”

“아니야~. 네네도 진 오빠도 아직 아무것도 안 했어.”

“어, 어라? 그럼…….”

미스미스가 일어나서 통신기를 들어 올렸다.

『와~ 안녕? 제907부대 여러분. 잘 잤어?』

태평하고 밝은 여자 목소리.

사도성 제5위, 리샤 인 엠파이어——제도에서 대기하는 지휘관의 음성이었다.

“이런 비좁은 차 안에서 어떻게 잠을 자? 이보다는 차라리 야영 텐트가 더 낫겠다.”

『후후, 진진은 기운이 넘치네? 나 안심했어.』

입을 삐죽거리는 저격수의 불만. 그러나 여자 사도성은 그것조차 기분 좋게 받아들였다.

『그나저나. 미스미스? 지금 어디 있는지 물어봐도 돼?』

"어~ 그게. 제13주 도심에 들어오자마자 발견한 주차장에 있어. 커다란 빌딩이 많이 있고. 그 뒤편에 있는 장소."

차창 너머로 보이는 풍경——.

아직 새벽 여섯 시였다. 아침 안개에 감싸인 길거리에는 통행인이 별로 없었고, 이 주차장에서도 인기척이 전혀 느껴지지 않았다.

잿빛 빌딩숲, 정비된 차도와 그 양옆에 있는 보도.

강철색 빌딩들이 즐비한 이 풍경은 제국의 도심부를 연상시켰다.

"……뭐랄까, 황청 같은 분위기는 아니네."

『여긴 황청의 변두리니까. 황청의 주가 된 것도 겨우 50년 전이고. 50년 전부터 있었던 건물은 독립 도시국가였던 시절 그대로 남아 있는 거지.』

네뷸리스 황청의 중앙주와는 다르다.

아름다운 자연과 근대 건축물이 융화된 성스러운 경관——네뷸리스 황청이라는 대국의 특색은 이 제13주와는 인연이 먼가 보다.

『뭐, 그게 오히려 편하지 않아? 여긴 제국과 황청의 문화가 섞여 있으니까. 너희들이 밖에서 돌아다녀도 별로 눈에 띄지 않을 거야.』

"으, 응…… 난 아직 무서워서 밖에 나가보지 못했는데."

『괜찮아~ 괜찮아. 다른 특무 부대도 저마다 다른 주로 들어가서 마음대로 돌아다니고 있는걸. 식당에도 가고 쇼핑도 하면서.』

"뭐라고?!"

『그 모든 것이 우리 제국에 도움이 되는 귀중한 정보야. 아, 그런데 너무 과하게 놀다가 체포당하면 안 돼. 미안하지만 체포당해도 난 도와줄 수 없어.』

"——이봐, 사도성 씨. 잡담은 그만해."

진이 펼쳐놓은 도시 지도가 운전석 전체를 꽉 채웠다.

어젯밤에 서점에서 구입한 지도. 진이 그중 몇 군데에 표시를 해놓았다.

"**여기**. 맞지? 소문은 들었지만, 정말로 이 주는 감옥투성이군."

『오~ 진진, 대화가 빨리 진행돼서 좋은데?』

통신기 건너편에서 즐거워하는 음성이 들려왔다.

『이 제13주에는 황청 내외의 죄수들을 모아놓은 감옥탑이 여러 개 있어. 흉악범을 수용함으로써 타국한테서 막대한 대가를 받는 거지. 그런 식으로 발전해온 도시야.』

"그래서인가. 밤에 경비원이 몇 번이나 거리를 돌아다니더군."

경비대의 순찰.

그들은 제국의 침입자를 경계하는 것이 아니었다. 감옥에 갇혀 있는 흉악범들이 도망치지 않도록 감시하는 부대였다.

"그놈들도 성령술사인가?"

『물론이지. 왜냐하면 감옥에 갇혀 있는 범죄자들 중에는 당연히 성령술사도 있으니까. 그중에서도 특히 흉악한 놈이 「**초월**」의———아, 미안. 방금 그건 못 들은 것으로 해줘.』

"? 방금 뭐라고 했어?"

『어~ 진진. 우선 차를 출발시켜줄래? 그 주차장을 나가서 우회전해줘.』

"……쳇. 시치미 떼긴."

진은 혀를 차더니 차에 시동을 걸었다.

리샤가 안내해주는 대로 주차장을 빠져나와서 좁은 차도를 따라 전진했다.

『사거리가 나오면 왼쪽으로. 그리고 쭉——.』

"있잖아, 리샤. 이러면 나도 신경을 안 쓸 수가 없거든?"

『무슨 말이야?』

"리샤, 너 혹시 우리를 감시하고 있니?"

침묵. 그리고 잠시 후. 미스미스의 무릎 위에 놓인 통신기에서 여성 지휘관의 유쾌한 웃음소리가 들려왔다.

『미스미스, 오늘따라 감이 좋네? 내가 너무 정확하게 길을 안내해줘서 그러는 거니?』

"응. 이건 우리 차를 육안으로 보지 않으면 불가능한 일이잖아. 적국의 도시에서 어떻게 길 안내를 해줄 수 있는 거야?"

『좋아, 거기 빌딩 뒤쪽에 차를 세워봐. 그러면 알게 될 거야.』

골목길.

밀집해 있는 오래된 빌딩 안쪽——음식물 쓰레기가 지저분하게 흩어져 있는 장소에 차를 세우고 밖으로 나왔다.

누가 씹다 버린 껌일까? 지면에 닿은 신발의 밑바닥에서 약간 찐득거리는 감촉이 느껴졌다. 그들은 그렇게 골목길의 막다른 곳까지 걸어갔다.

"이게 뭐야…… 너무 어둡고 좁잖아. 성령 부대가 숨어 있을 것 같아."

"네네도 동감이야. 진 오빠, 조심해."

"뭐, 어쩔 수 없잖아. 지휘관의 명령이니까."

진은 골프 가방으로 위장한 총 케이스를 어깨에 멘 채 한숨을 푹 내쉬었다.

그런데 아무것도 없었다.

금 간 벽면으로 세 방향이 막힌 장소. 막다른 골목이었다.

"안녕~? 좋은 아침이야. 제907부대 여러분."

"리샤?!"

막다른 골목에 서 있는 사람은 다름 아닌 리샤 본인이었다.

진은 즉시 의심하는 눈초리로 리샤를 보고 눈살을 찌푸렸다. 네네는 놀라서 숨을 들이켰다. 미스미스는 경악하여 소리를 질렀다.

어째서?

사도성은 천제 직속 호위. 볼텍스 쟁탈전 같은 예외적인 전장에는 파견될 수도 있지만, 기본적으로는 제국 영토 내에서 활동하는 것이 원칙이다.

그런데 황청 국내에 들어와 있다니?

"아, 아니, 어떻게, 리샤가 여기 와 있는 거야?"

"그야 물론. 소중한 미스미스를 지키려고 따라온 거지~?"

명랑하게 웃는 여자 사도성.

"자. 이제 다 모였으니 빨리 갈까?"

"……응? 어, 어디로?"

"그야 뻔하지."

미스미스의 머리를 쓰다듬으면서.

사도성 제5위 리샤 인 엠파이어는 안경 밑의 두 눈을 가늘게 떴다.

"이스캇치가 갇혀 있는 곳. **감옥탑으로 돌격**하자."

Chapter.4
『「초월」의 마인 샐린저』

the War ends the world /
raises the world

1

햇빛을 받아 은색으로 빛나는 빌딩숲――.

밤중에 생겨난 아침 안개는 이른 아침에 건물들 사이로 부는 바람에 의해 흩어져서 눈 녹듯이 사라졌다.

호텔 안, 왕족 전용 스위트룸.

전면 벽이 유리로 된 플로어에서 저 밑에 펼쳐진 풍경을 우아하게 바라보는 앨리스. 긴 금빛 머리카락이 햇빛을 받아 반짝반짝 빛났다.

이스카는 그 모습을 바로 옆에서 멍하니 지켜봤다.

――사슬로 연결된 소년 소녀.

이스카는 수갑. 앨리스는 팔찌. 그 두 개의 고리가 가느다란 사슬로 연결되어 있었다.

이스카가 도망치지 못하도록.

몸속에 남아 있던 수면제 성분은 어젯밤에 다 빠져나갔다. 현재 이스카를 구속하는 것은 양손의 수갑과, 앨리스랑 연결된 사슬. 이 두 가지였다.

"악?!"

"이봐, 제국 검사. 앨리스 님께 더 이상 접근하지 마라."

이스카의 등 뒤에서.

소녀 시종이 거의 밀착한 형태로 그의 등에 과도 칼끝을 가져다 댔다. 드레스를 입은 앨리스와는 달리 린은 평소처럼 가정부 같은 옷을 입고 있었다.

"수상해. 앨리스 님께 접근했다가 기습적으로 덮칠 생각인 게……."

"그냥 사슬 때문에 멀리 떨어지지 못하는 거야!"

"그렇다면 왜 앨리스 님을 바라본 거냐?"

"……그럼 나더러 저 감옥탑이나 보라고? 내가 투옥될지도 모르는 장소를 뭐가 좋다고 일부러 보겠어?"

사형대에 올라온 죄수가 된 기분이었다. 저 아래 보이는 감옥탑은 한마디로 사형대의 기요틴일 것이다. 그런 것을 보고 싶진 않았다.

"저기, 린. 이스카를 위협하지 마. 투옥이라니……."

시종을 나무라는 주인.

"어제도 분명히 확인했잖아. 이번 구속은 황청 측이 할 만한 짓이 아니야. 보석금은 요구할 거지만, 협상이 마무리되면 이스카는 돌려보낼 거야."

"그건 알지만……."

린은 주인과 포로를 번갈아 보더니 한숨을 푹 내쉬었다.

"운 좋게 목숨은 건졌구나. 제국 검사. 앨리스 님께서 온정을 베풀지 않았다면 네놈은 평생『오레르간』에서 살아야 했을 텐데."
"오레르간?"
"그것까지 가르쳐줄 이유는 없다. ……앨리스 님, 저는 호텔 1층에 가서 중앙주에 연락하겠습니다. 어제오늘 왕궁을 떠나 있는 기간의 스케줄을 확인하고 오겠습니다."
린은 인사하고 나서 뒤돌아섰다.
그 뒷모습이 방에서 떠나는 것을 지켜본 후――.
"보여?"
잘그락, 사슬 부딪치는 소리.
이스카와 연결된 사슬을 손목에 두른 앨리스가 손가락을 들어 유리창 너머를 가리켰다.
"저 지평선에 있는 세 개의 감옥탑."
"낮은 탑 두 개와, 중간에 있는 높은 탑 하나?"
"응. 그 하나가 오레르간 감옥탑이야. 가장 감시가 심한 감옥이지. 흉악범들이 수감된 곳이야."
"……아하, 그렇군."
앨리스 님에게 손대지 마라.
방금 퇴실한 린이 자기 나름대로 그를 협박한 것이었다.
"그렇게 무시무시한 죄수들이 모여 있는 거야?"
"**딱 한 군데만 제외하면** 평범해. 흉악범들이 모두 다 강한 성령술사인 것은 아니야. 나도 어린 시절에 내부를 견학해봤는데, 모두들 감옥 안에서 수갑을 차고 얌전히 앉아 있었을걸? 아마도.”

“……그 딱 한 군데는 뭔데?”

“지하. 오레르간 감옥탑은 지하로 이어진 감옥이야. 거기서 가장 깊숙한 곳에 있는 감옥은 간수가 나한테도 보여주지 않았어.”

왕녀인 앨리스조차 견학하지 못하는 곳이라고?

당장 떠오른 가능성은 두 가지. 하나는 감옥의 상태가 너무 처참해서 견학하기에 적합하지 않은 경우.

또 하나는 감옥에 갇힌 죄수가———.

“『초월』의 마인 샐린저. 너도 이 사람은 모를 테지? 설마 들어본 적 있니?”

“아니, 전혀…… 그런데 죄수라서 그런 거야?”

“뭐가?”

“앨리스, 너 방금 『마인』이라고 했잖아.”

마인 샐린저. 들어본 적 없는 이름이다.

그보다도 네뷸리스 황청의 공주가 동지를 「마인」이라고 부른 것이 놀라웠다. 그래서 이스카가 되물어본 것이다.

……성령을 지닌 자를 「마녀」나 「마인」이라고 부르는 것은 제국 측의 멸칭이다.

……네뷸리스 황청에서는 「성령술사」로 통일된 줄 알았는데?

그래서 양국의 평화를 최종 목표로 삼고 있는 이스카도 특별한 의도가 없는 한 「성령술사」라는 호칭을 사용해왔다.

양국의 평화를 원하는 인간이 그런 멸칭을 사용할 수는 없으니까.

"앨리스, 너는 제국 사람이 그렇게 부르면 화낼 줄 알았는데."

"당연히 화내지."

"……그럼 왜 『마인』이란 말을 썼어?"

"나도 쓰고 싶어서 쓴 게 아니야. 하지만 그렇게 정해져 있는 걸. 우리 황청은 모든 성령술사를 받아들이고 보호해줘. 그러나 범죄를 저지른 자에게는 벌을 줘야 하니까. 감옥에 갇힌 성령술사는 마녀나 마인으로 불러야 한다고 정해져 있어."

"…………."

"『초월』의 샐린저는 선대 여왕에게 덤벼들었어. 국가 전복을 꾀한 대역죄인이야. 마인이라는 멸칭은 그런 죄를 저지른 자가 짊어져야 할 십자가야."

차별의 상징이 아니라.

죄.

제국에서는 천제에게 덤벼든 자는 백 퍼센트 그 자리에서 처형될 것이다. 그런데 감옥에 가두기만 하다니, 여왕이 관대해서 그런 걸까.

"뭐, 그것도 30년 전 이야기지만."

앨리스는 어깨를 으쓱했다.

"네뷸리스 7세 시대에 일어난 일이야. 그리고 그때 이후로 오레르간 감옥탑의 가장 깊숙한 곳은 마인 샐린저의 은둔처가 된 거지."

"……덤벼든 이유는? 여왕에게 불만이 있어서?"

"아니야."

"그럼 스스로 황청의 왕이 되고 싶어서?"

"아, 비슷해. 하지만 정답은 아니야."

왕위 계승권자인 공주가 입을 꾹 다물었다.

그리고 유리벽에 손을 대더니.

"그 마인은 **스스로 왕 이상의 존재가 되려고 했었어.**"

"뭐라고?"

"이제 그만. ……어휴, 위험해라. 네가 물어보면 나도 모르게 말을 많이 하게 된다니까. 실은 지금 말해준 내용도 최고기밀인데."

앨리스는 어색하게 쓴웃음을 지었다. 그리고 가느다란 손가락으로 삿대질을 했다.

"이거 제국에 가서 이야기하면 안 돼, 알았지?"

"……알았어."

"아 참, 린한테도 말하면 안 돼. 내가 마인 샐린저 이야기를 너에게 했다는 사실을 들킨다면, 더더욱 너를 살려 보내지 않으려고———."

"앨리스 님."

"끼얏?!"

앨리스가 펄쩍 뛰었다. 머리끝이 천장에 닿을 정도로.

"리, 린, 왜?"

"왜냐고요? 제가 묻고 싶네요. 왜 강아지처럼 비명을 지르시는 거예요? 나 참, 왕녀로서의 품위가——."
"뭐 어때. 그나저나 무슨 일 있었어?"
이스카조차 눈치채지 못할 정도로 린은 약간 긴장한 상태였는데, 린의 주인인 앨리스는 그 사소한 변화를 섬세하게 알아차렸다.
"보고드릴 것이 있습니다. 그런데……."
"이스카가 방해되니?"
"아뇨. 괜찮을 거라고 생각합니다. 오히려 이 남자가 여기 있는 게 나을지도 모릅니다."
갈색 머리 소녀는 일순 이스카를 힐끗 보더니.
다시 주인을 돌아봤다.
"누군가가 국경을 넘어 침입했을 가능성이 있습니다."
"……뭐라고?"
"중앙주를 제외한 열두 개 주에서 주민들이 기묘한 집단을 목격했습니다. 제국의 비밀 부대일 가능성을 고려해서 이미 경계령을 내렸다고 합니다."
"누군가가 우리를 중립도시에서부터 쫓아온 건가?"
"아니요."
앨리스의 질문에 소녀 시종이 고개를 흔들었다.
"물론 우리가 추적당했을 가능성도 없진 않습니다만. 애초에 제국군이 우리의 국경을 넘는 것은 몹시 어려운 일입니다. …… 그렇지? 제국 검사."
"난 아무것도 몰라."

이스카는 신중하게 단어를 골라 말하면서 수갑 찬 양손을 들어 올려 상대에게 보여줬다.

이 포로가 아군을 유도한 건가?

이 타이밍에 제국군이 침입했으니, 그들이 이스카를 맨 먼저 의심하는 것도 당연했다. 하지만 말도 안 되는 일이다. 정말 억울했다.

"나는 이틀 내내 여기에 있었어. 소지품 검사도 몇 번이나 당했고, 통신기도 빼앗겼어. 게다가 당신들이 더 잘 알잖아? 황청 국경 경비가 삼엄하다는 것은."

성문 심판――.

제국 병사가 황청의 국경을 넘는 것은 너무나 위험한 일이다. 붙잡히면 당장 취조를 받아서 제국 기밀을 낱낱이 불게 될 테니까.

그러나.

사실 이스카가 아는 한, 이 국경을 넘을 수 있는 인물이 딱 한 명 있기는 했다.

……설마. 미스미스 대장님인가?

……성령을 지닌 그 사람이라면 어깨의 성문을 보여주고 국경을 넘을 수 있을 것이다.

물론 가능성은 극단적으로 낮았다. 그런 수단을 쓸 수 있는 사람은 미스미스 대장님 하나밖에 없으니까. 그 사람이 진과 네네를 놔두고 단독으로 행동할까?

……미스미스 대장님은 그런 경솔한 짓은 하지 않는다.

……애초에 진과 네네가 그러도록 내버려두지도 않을 테고.

그러니까 나는「아무것도 모른다」.

그런 의미에서 이스카는 솔직하게 앨리스에게 대답한 것이었다.

"너를 의심하는 것은 아니야. 내가 항상 너와 함께 있었으니까."

앨리스는 팔찌를 풀었다.

두 사람을 연결하던 사슬이 사라졌다. 앨리스는 자유로워졌고, 이스카는 아직 양손의 수갑 때문에 마음대로 움직이지 못했다.

"린, 제13주 이외의 지역에서도 수상한 집단이 목격됐다고 했지? 그렇다면 이건 이스카가 선동한 것이 아니야. 우리가 미행을 당한 것도 아니고."

"네. 이것은 매우 조직적인 행동입니다."

"일단 어마마마께서 명령을 내리실 때까지 기다려보자. 나는 산책도 할 겸 바깥을 살펴보고 올 테니까, 너는 여기 남아서 대기해. 그리고 이스카."

햇빛 아래에서 황금색으로 빛나는 앞머리를 손끝으로 가볍게 쓸어 넘기면서.

강한 의지가 담긴 말투로 말했다.

"난 너를 원만하게 해방시켜주고 싶어. 그런데 너도 방금 들었지? 상황이 그걸 허락해주지 않아. 헤어지려야 헤어질 수 없다니…… 정말이지, 너와 나의 인연은 기묘하구나."

빙화의 마녀 앨리스는 왕족 전용 스위트룸을 떠났다.

2

해가 뉘엿뉘엿 지는 가운데——.

빨갛게 불타오르는 하늘이 빌딩 너머로 차츰 사라져가는 시각. 드넓은 잔디밭 위에는 일그러진 탑의 그림자가 끝없이 길게 드리워져 있었다.

오레르간 감옥탑.

제13주 알카트루즈의 상징인 감옥탑 중에서도 특히 흉악범들만 수용되어 있는 탑.

그 부지는 온기 없는 철책으로 둘러싸여 있었고, 창문에는 쇠창살이 박혀 있었다.

"제국의 감옥과 비슷하군. 그래도 제국보다는 다소 고전적인 스타일인가."

지하 3층——.

툭 튀어나온 벽의 그늘 속에서. 진은 낮게 눌러 죽인 목소리로 중얼거렸다.

"돌로 된 비좁은 복도와 벽. 조명은 강화유리. 감옥은 강철로 만들어졌고, 문은 한 짝이 30킬로그램 이상. 열기도 쉽지 않겠어."

"……응. 나도 그렇게 생각해. 기계식 인증 시스템이 아니구나."

옆에서 귓속말을 하는 미스미스 대장.

"제국은 문도 자동문이고, 죄수가 탈옥하면 감시카메라로 감지할 수 있는데. 여긴 그런 것도 없네? 네네야, 그렇지?"
"으음~."
한 줄로 선 세 사람의 마지막에 위치한 네네.
어둠 속에 숨어 있던 포니테일 소녀가 지하 플로어를 살펴보면서 말했다.
"망가지니까 그런 걸 거야."
"?"
"감시카메라 말이야. 보통은 저런 천장 구석에다 설치하는데. 여기 갇혀 있는 범죄자들은 마녀나 마인이잖아? 카메라는 눈에 잘 띄니까. 아마 죄수가 탈옥할 때 부숴버릴 거야. 성령술로."
"아, 그렇구나……!"
미스미스가 이해했다는 듯이 맞장구를 쳤다.
——죄수도 성령술을 사용할 수 있다.
제국의『성령 대항용 병기』조차도 성령의 움직임을 방해하는 전파 파장을 겨우 2~3초쯤 생성하는 것이 고작이었다.
성령술을 무효화할 방법은 없다.
따라서 감옥은 무조건 튼튼하게 만들어야 한다.
"기계식 자동문도 소용없을 것 같아. 강한 성령술을 사용하면 얇은 기계 벽 정도는 뚫고 도망칠 수 있을 테니까. 네네가 감시 대장이었어도 이 감옥은 이런 식으로 만들어놨을 거야. 이렇게 두꺼운 석벽이라면 불의 성령으로도, 바람의 성령으로도 부수지 못할 테니까."

통신사인 네네의 또 다른 일면이었다.

사관학교에 다닐 때 일찌감치 제도의 제압 병기 개발부에 스카우트되었던 기계 기술자. 만약 이스카, 진, 미스미스를 만나지 않았더라면, 이 소녀는 병기 개발부를 대표하는 연구자가 되었을 것이다.

"그럼 이 감옥탑이 지하로 길게 뻗어 있는 이유도?"

"마찬가지일 테지. 뭐, 우리로선 상상도 할 수 없지만, 어쨌든 하늘을 향해 솟아오른 탑보다는 이렇게 지하에 묻힌 탑이 감옥으로서 더 낫다는 게 아닐까."

지상 5층, 지하 11층――.

그것이 오레르간 감옥탑의 구조였다. 다른 층으로 이동하는 수단은 오직 계단밖에 없었다. 그 계단도 공통계단과 비상계단, 딱 두 개뿐이었다.

"우리의 현재 위치는 지하 3층. 네네, 지금 몇 시야?"

"19시. 네 시간 남았어."

"좋아. 우리는 여기서 23시까지 대기한다. 아무것도 할 필요가 없어. 비상사태가 발생했을 때에만 움직이는 긴급 출동 요원이다."

진은 저격총을 어깨에 메고 벽에 기대어 섰다.

탁한 공기. 숨을 한 번 쉴 때마다 곰팡내가 느껴졌다. 지하 감옥이라서 그런가 보다.

"보스, 소리 내지 마. 감방에 갇혀 있는 죄수에게 들릴지도 몰

라. 괜히 소리를 질러서 간수를 부르기라도 하면 곤란해."
"나 그렇게 아무 때나 소리 지르지 않거든?!"
미스미스 대장은 입가에 손을 대고 말했다.
"있잖아, 진 군. 정말로 여기에 이스카 군이 갇혀 있을까? 리샤는 그럴 가능성이 있다고 했는데."
"지휘관님의 의견이다. 『따라와』라는 말을 들은 이상, 우리는 거역할 수 없어."

"이스캇치는 오레르간 감옥탑에 있어."
"이 제13주로 끌려왔으니까. 그곳에 갇혔을 가능성이 가장 높아. 특히 최하층이 제일 의심스러워."

감옥 지구.
네뷸리스 황청 내에서도 이 주가 특별히 그렇게 불린다는 사실은 제907부대도 이미 조사해서 알고 있었다.
"그들이 끌고 간 이스카를 가둬두기에는 가장 적합한 장소. 그러나……."
"그러나? 진 군, 뭔가 마음에 걸려?"
"너무 과감한 결단을 내린 게 아닐까. 사도성은 천제 직속 호위. 제도를 떠나는 것 자체가 드문 일이지. 볼텍스 쟁탈전처럼 특수한 경우가 아니고서야."
볼텍스는 성령술사를 강화하는 최악의 자원.

따라서 「백 퍼센트 획득」하기 위해 사도성 네임리스가 현지로 출동했다. 그러나 이번에는?

"사도성이 일부러 출동할 만한 사건인가?"

"아니, 하지만…… 이스카 군을 구출하는 것이 볼텍스를 확보하는 것만큼이나 중요한 일이라고 생각해준 게 아닐까?"

"일곱이야."

"일곱?"

"이 주에 있는 감옥탑의 숫자. 이스카가 끌려갔을지도 모르는 감옥탑 후보는 일곱 개. 그런데 리샤는 망설임 없이 이곳을 골랐다. 어째서? 단순한 직감? 그런 것은 그 사도성 씨에게는 어울리지 않아."

"리샤답지…… 않다고?"

"웬만큼 강한 확신이 없으면 움직일 수 없을 텐데. 이스카가 여기 있다는 확신인가? 아니면——."

"아, 아니면?"

"이스카를 구출한다는 것은 가짜 명분일지도 몰라."

자기들의 뒤편——.

지하 11층까지 이어져 있는 계단을 흘끗 보더니, 은발 저격수는 씁쓸한 대사를 뱉었다.

"다른 이유로 여기까지 온 거지. ……우리 같은 하급 병사들은 모르는 이유로."

아름다운 소나타의 선율——.

천장 스피커에서 흘러나오는 피아노곡이 지하의 넓은 플로어에 울려 퍼졌다.

오레르간 감옥탑 지하 11층.

천장도 벽도.

전부 다 아름다운 초원 벽화로 꾸며진 장소. 돌바닥에는 두툼한 융단이 깔려 있어서 밟을 때마다 기분 좋은 감촉이 느껴졌다.

"사도성? 아, 그래. 천제가 기르는 개잖아. 용케 국경을 넘어 여기까지 왔군."

조소와 감탄.

두 가지 억양이 섞인 남자의 음성이 울려 퍼졌다.

"허락해줄 테니 이름을 말해봐라. 제국 사람이여."

"리샤 인 엠파이어입니다. 미리 면담 예약을 해야 했나요?"

"아니, 필요 없다. 어차피 기억할 마음도 없으니까."

두께가 몇 센티미터나 되는 유리벽으로 분단된 왼쪽과 오른쪽.

유리 앞에 서 있는 사람은 검은 테 안경을 쓴 늘씬한 여자 사도성.

리샤 인 엠파이어——지금 이곳에 서 있는 그녀는 온몸에 딱 달라붙는 광학 위장 슈트를 착용하고 있었다.

"『초월』의 샐린저. 30년 전에 투옥된 황청의 마인. 천제 폐하께서 그렇게 말씀해주셨는데, 생각보다 훨씬 더 젊어 보이는군요. 진짜 본인이십니까?"

"흥!"

유리 반대편에서 사나이가 웃었다.

소나타 선율이 흐르고, 아름다운 벽화로 장식되어 있는 죄수의 방. 그곳에 당당하게 자리 잡은 소파에 옆으로 누워 있는 백발 남성.

"내 앞에서 잘도 그런 식으로 말하는군. 이 불여우가. 천제가 뒷배를 봐주니 자신감이 흘러넘치나 봐?"

"아뇨, 아닙니다."

여자 사도성은 고개를 흔들었다. 립스틱 바른 입술을 움직여 쿡쿡거리며 웃었다.

"저는 그저 참 남자답고 멋진 분을 뵙게 되었다고 생각했을 뿐입니다. 심지어 반라. 무심코 임무조차 잊어버리고 멍하니 구경하게 될 것 같네요."

"마음대로 해라. 실컷 구경해."

진지하게 대꾸하는 키 큰 남자.

약간 뻣뻣해 보이는 흰머리. 기품 있고 이목구비가 뚜렷한 하얀 얼굴. 날카로운 안광. 절대적인 자신감으로 가득 찬 표정.

잡지에 나오는 일류 모델 같은 미모. 그런 남자가 웃통을 벗은 채 소파에 누워 있었다. 노출된 육체는 군살이라곤 하나도 없는 탄탄한 근육으로 덮여 있었다.

세상 여자들을 단박에 사로잡을 만한 남자의 섹시함이 느껴졌다.

"아무튼 통쾌하군. 리샤라고 했나? 네놈은 어떻게 여기까지 들어온 거지? 부지 출입구와 시설 현관과 중앙계단은 전부 다 간수가 지키고 있었을 텐데. 없애버린 건가?"

"평화적인 수단을 썼습니다."

여자 사도성은 가볍게 종이 한 장을 꺼내 들었다.

입장 허가서.

이것은 네뷸리스 황청 국민만 발급받을 수 있는 서류였다. 더구나 이 지하 11층까지 들어오려면 특별히 엄격한 본인 확인 절차가 요구될 터였다.

"이런 경우에 대비해서 국적을 취득해놓았거든요."

"이중 국적. 제국과 황청?"

"비밀로 해주세요. 제국 사람이 침입했다는 사실이 탄로 나면 앞으로 활동하기 어려워질 테니까요. ……아, 물론 이런 말은 하지 않아도 당신은――."

"신경 쓰지 않는다. 어차피 내일이 되면 잊어버릴 거다."

네뷸리스 황청에 제국 병사가 잠입했다. 심지어 자기 눈앞에 나타났다. 그런데도 이 백발 남성은 풍격 있는 태도를 유지했다.

――『초월』의 샐린저.

오레르간 감옥탑 최하층에 갇혀 있는 마인.

그런데 이 플로어는 어떤가 하면.

마치 왕후장상의 개인실 같았다. 융단과 소파가 설치된 실내에는 잔잔한 음악이 흐르고 있었다.

"이 인테리어가 신경 쓰이나? 이건 감옥의 감독관에게 명령해서 마련한 거야."

"아~ 그래요? 역시 마인 님은 특별하시군요."

감옥에 갇혔는데도 감독관을 위협하는 죄수.

이 방만 봐도 샐린저라는 남자의 영향력이 어느 정도인지 알 수 있었다.

"네, 아무튼. 여기서 느긋하게 음악 감상이나 할 시간도 없으니까 단도직입적으로 말씀드릴게요. 제가 여기 온 이유를 밝혀도 될까요?"

백발 위장부는 침묵했다.

말해봐라. 여유롭고 침착한 태도로 재촉하는 마인. 그러자 천제 직속 여자 간부는——.

"여기서 탈출할 수 있게 해드리겠습니다. 지금 당장."

"…………."

"어머나? 별로 기쁘지 않으신가 봐요?"

"이봐, 불여우."

옆으로 누운 남자의 목구멍에서 뚜렷한 노기를 담은 음성이 흘러나왔다.

"내가 누구인 줄 아느냐."

"『초월』의 샐린저. **왕가를 초월한다**는 야망을 품고 30년 전에 왕궁에 단신으로 쳐들어간 미증유의 범죄자. 여왕이 있는 곳까지 다다랐지만, 시조의 혈족이 그 앞을 가로막았죠. 상대는 두 명이었던가요?"

"세 명이다. 제일 중요한 여왕을 잊지 마라."

"아, 네. 그렇죠."

일개 역적을 상대하기 위해 네뷸리스 혈족이 세 명이나 출동했다.

그게 얼마나 비정상적인 사태인지 리샤도 당연히 잘 알고 있었다. 30년 전 사건도 이미 조사했다.

"『품격은 혈통에 있는 것이 아니다. 이념에 깃드는 것이다.』 그게 입버릇이시라고요."

"그래. 그러니까 말조심해라."

단정한 눈과 눈썹이 화난 것처럼 날카로워졌다.

"탈출할 수 있게 해드리겠습니다……? 지금 나더러 구걸이라도 하라는 거냐? 네놈이 천제 직속 부하라면, 절대로 실수하지 말고 발언 수순은 잘 밟아야 할 것이야."

"실례했습니다. 그럼 발언을 정정하겠습니다. 우리 제국은 대규모 침입 작전을 펼칠 예정입니다. 그래서 당신의 힘을 빌리고 싶습니다."

"목표는 중앙주인가?"

"네. 구체적으로 말씀드리자면 네뷸리스 왕궁에 침입할 겁니다."

안경 코걸이를 중지로 밀어 올렸다.

의심하는 표정을 짓는 마인. 리샤는 그를 가만히 내려다보면서 말을 이었다.

"밀라베어 루 네뷸리스 8세."

"…………."

"이 나라 사람이라면 모두가 다 아는 현재의 여왕. 그는 바로, 30년 전, 네뷸리스 7세와 싸운 당신을 체포한 용사 중 한 명이었죠."

"흥, 웃기는군."

누워 있는 남자가 눈을 감았다.

"나에게 복수를 강요하는 건가? 시시해. 복수 따위는 필부나 하는 짓이야. 나의 미학에 어긋나는 행위다. 애초에 나는 그 꼬마 계집애에게는 신경도 쓰지 않는다."

"…………."

"그러나."

한쪽 눈을 떴다.

반라의 마인이 느릿느릿 소파에서 몸을 일으키더니 양손을 앞으로 내밀었다.

"이 지하에서 사는 것도 이제는 좀 지겹군. 그건 사실이야. ――좋다. 이 팔찌. 부술 수 있으면 부숴봐라."

검은 광택이 나는 돌 팔찌.

양손에 끼워진 그 팔찌를 보여주면서 말을 이었다.

"『별의 백성』이 남겨놓은 영적 장비 중 하나. 이것은 모조품에 불과하지만, 그래도 성령술사에게는 충분히 위협적이다."

"네. 저도 압니다."

빠직.

고개를 끄덕이는 여자 사도성의 눈앞에서 두 사람을 가로막던 유리벽에 금이 갔다. 둘 중 누구도 유리벽에 손가락 하나 대지 않았는데.

"나는 내 마음대로 행동할 것이다. 중앙주로는 갈 테지만, 언제 왕궁을 공격할지는 내가 스스로 결정할 것이다."

"좋습니다. 당신이 여기서 사라진다. 『초월』의 샐린저가 감옥탑에서 자취를 감춘다는 그 사실만으로도 중앙주는 혼란에 빠질 것입니다."

붕괴.

얇은 유리가 산산이 부서져서 무수한 가루눈처럼 허공에 흩어졌다. 어지러이 빛나는 파편들 속에서 백발 죄수가 몸을 일으켰다.

"가볼까. **왕을 초월하러.**"

귀를 찌르는 경보음——.

지상의 확성기에서 튀어나온 큰 소리가 콘크리트 벽을 타고 지하 3층까지 울려 퍼졌다.

"어, 뭐, 뭐야?!"

벽에 기대어 있던 미스미스의 표정이 굳어졌다.

언제 감옥탑 간수에게 들킬지 모른다. 그래서 조마조마한 심정으로 몰래 숨어 있었는데. 경보음이 들리니 당황할 수밖에 없었다.

"들켰나?! 어, 하지만 타이밍이 좀 이상하지 않아?"

"맞아. 우리는 여기서 계속 대기하고 있었으니까. 그동안 간수가 몇 명 지나갔는데, 우리를 발견하고 경보를 울렸으면 벌써 옛날에 울렸을 테지."

어깨의 저격총을 손에 드는 진.

"하지만 또 다른 손님이 숨어 들어왔다고 하기에는 타이밍이 너무 예술이야. 그렇다면——."

"헉! 설마, 리샤가?!"

이스카가 갇혀 있을 가능성이 높으니까 한번 살펴보고 올게. 그렇게 말하고 사라진 지 한 시간이나 됐는데, 설마 침입했다가 들킨 건가?

하지만.

아무리 그래도 사도성인데. 진짜로 그런 치명적인 실수를 했을까?

"쉿. 대장님, 진 오빠, 조용히 해봐!"

네네가 손가락을 입술에 댔다.

포니테일 소녀는 날카로운 눈빛으로 위쪽을 쳐다봤다. 비상계단 위에서 많은 발소리가 연속으로 울려 퍼졌다.

"……간수인가? 어, 어? 하지만……."

"간수가 아니야. 죄수 포획용 진압 부대다."

그들은 모두 성령 대항용 방패를 들고 있었다.

화염 성령술의 열파. 바람 성령술의 바람 칼날. 그리고 번개 성령의 전격을 막아내는 방어구로서 제국군이 개발한 방패가 있는데, 저것은 그걸 모방한 작품인 듯했다.

"방어구가 제국군과 똑같아. 성령술사 죄수를 상대하기에는 가장 적합한 물건일 거야. 그러니까 타깃은 우리가 아니라고 생각해."

"그럼 리샤인가?! 크, 큰일 났네! 어서 구하러 가야 해……."

미스미스 대장이 굳게 결심한 얼굴로 총을 들었다.

"리샤는 내 친구니까."

"지휘관이니까 구하러 간다고 해야지. 보스."

"뭐 어때! 아무튼…… 더 이상은 못 참아. 이스카 군이 붙잡혔을 때에도 구해주지 못했는데, 이번에는 또 리샤가 붙잡힐 위기잖아."

대장은 반쯤 파랗게 질린 얼굴로 입술을 꽉 깨물었다.

"반드시 구해야 해."

조그만 양손으로 권총을 꽉 움켜쥐는 그 모습은 마치 기도하는 사제처럼 덧없으면서도 고결해 보였는데————.

"앗, 보스?! 왼팔이……!"

"?"

제국군에 소속된 마녀는 눈치채지 못했다.

자기 왼팔에서 나오는 빛을.

초록색 성령광이 웃옷 아래에서 스며 나오고 있다는 것을.

"어? 이, 이게 뭐야?! 진 군, 내 왼쪽 어깨, 이거 왜 이래?!"

"내가 어떻게 알아? 그거 아무리 봐도 성령의 빛이잖아?"

미스미스가 당황하여 자기 어깨를 손으로 눌렀다. 성문 위에 살색 밴드를 붙여놓고 그 위에다 웃옷까지 걸쳤는데, 그럼에도 불구하고 빛이 새어 나오다니.

"보스, 빨리 숨겨."

"수, 숨기라니? 무슨 수로——."

옷 위에 손을 대서 빛을 가리려고 했다. 그 순간.

지저에서 발생한 충격이 오레르간 감옥탑 전체를 뒤흔들었다.

대폭격을 연상시키는 굉음과 충격파.

정신이 아득해질 정도로 엄청난 충격으로 인해 석벽이 크게 뒤틀렸다. 금이 간 곳에서 돌덩이가 후드득 떨어졌다.

"……이건 뭐지? 땅속에서 로켓이라도 폭발했나?"

"지, 진 오빠, 아직도 흔들려!"

지저의 진동이 멈추지 않았다.

이 상황에서는 진도 자세를 유지하는 게 고작이었다. 네네와 미스미스는 서로 꽉 끌어안고 있었는데, 일반인이라면 벌써 바닥에 넘어졌을 것이다.

『어~ 여러분? 미스미스, 괜찮니?』

"리샤?!"

『와, 다행이다. 무사한가 보네. 그런데 이제 곧 진압 부대가 지하 플로어로 내려올 테니까. 목소리를 낮추는 게 좋을걸~?』

통신기를 통해 들려오는 육성.

그 천연덕스러운 말투에서는 긴장감이라곤 하나도 느껴지지 않았다.

"리샤, 무사했구나. 다행이야……!"

『나? 나야 당연히 무사하지. 그러니까 미스미스, 너희는 이제 탈출해도 돼.』

"……뭐라고?"

『방금 그 소리. 거기까지 들렸니? 지하의 벽을 부수고 땅속으로 나온 다음에, 거기서 흙의 성령술로 지상까지 이어지는 구멍을 뚫었거든. 와~ 정말. 성령술은 굉장하다니까.』

"자, 잠깐만, 리샤?! 저, 저기, 그럼…… 이스카 군은?!"

『아~ 미안해. 미스미스.』

몹시 슬퍼하는 말투.

『내가 찾아봤는데 이스캇치는 없었어. 가장 깊숙한 곳에는 강한 마인이 있었고, 그 녀석이 날뛰는 바람에 이런 소동이 일어나 버렸어. 에헷.』

"……어…… 그럼……."

『자, 그러니까 제907부대 여러분. 이스캇치는 여기 없었습니다. 이제 철수합시다. 감옥 진압 부대한테 붙잡히지 않도록 조심해~.』

"뭐라고————?!"

뚝. 통화가 일방적으로 종료됐다.

망연자실한 미스미스. 진이 그 어깨를 팍! 하고 세게 두드렸다.

"보스, 가자."

"아야?!"

"그 사도성이 여기서 무슨 짓을 했는지는 몰라도, 일단 우리들 제국 병사가 이 감옥탑에 침입했고 그걸 황청 측도 눈치챘다는 것은 확실한 사실이야. 그리고 사도성은 알아서 다른 루트로 도주 중이고. 우리도 도망쳐야 해."

"진 오빠, 설마 우리는 미끼였던 거야?!"

사도성 리샤가 무사히 도망치도록 시간을 벌어주는 것.

이 감옥탑까지 제907부대를 동행시킨 이유가 그것이었을까?

"결과적으로는 그렇긴 한데. 사도성의 진의는 알 수 없지. 생각해봤자 소용없어. 문제는 저놈들이야."

진이 위층을 쳐다봤다. 그동안에도 발소리는 계속 들려왔다.

진압 부대 중 상당수는 더 깊은 지하로 내려갔는데, 그중 여섯 명은 이 지하 3층에 머물면서 감방을 살펴보기 시작했다.

"……양쪽이 막혔어. 쳇. 사도성. 연락할 거면 2분만 더 빨리 할 것이지."

진이 혀를 찼다.

지하 2층, 지하 4층에도 각각 진압 부대가 모여 있었다. 그리고 이 지하 3층에서도 감방을 살펴보기 위해 여섯 명이나 되는 무장 부대가 순찰하고 있었다.

지금은 저 안쪽 감방을 살펴보고 있지만, 자기들이 숨어 있는 이곳도 곧 발견될 것이다.

퇴로 양쪽이 막힌 수준이 아니었다.

사실상 진압 부대에 의해 완전히 포위당한 상태였다.

"어쩌지? 큰일 났어. 우리는 최소한의 무기밖에 안 가지고 왔는데……!"

국경을 넘을 때 제국의 무기는 거의 다 제도에 놔두고 몇 가지만 챙겨왔다.

진은 저격총과 약간의 탄약.

네네는 전기총과 성령 대항용 수류탄. 미스미스도 지금은 이스카의 성검이 든 가방을 등에 메고 있으므로 무기는 없는 거나 마찬가지였다.

"정면 돌파는 불가능해. 이렇게 좁은 복도에서는 어쩔 방법이 없어."

상대는 무장한 성령술사다.

성령술이 발동되면 도망칠 곳도 없다. 이쪽에서 반격을 하면 상대는 즉시 아군의 도움을 요청할 게 뻔했다.

——이대로 숨어 있다가 들키든지.

——지금 당장 뛰쳐나가서 발각되든지.

절망적인 양자택일 상황.

무엇을 선택하든 진압 부대와의 전투는 피하지 못할 것이다. 온 힘을 다해 저항하면 한두 명은 포위망을 돌파할 수 있을지도 모르지만, 세 명이 모두 생환할 가능성은 0에 가까웠다.

"무사히 지상으로 탈출한다. 그런 기적을 일으키려면……."

진이 이어서 할 말은 충분히 상상이 갔다.

큰 성과를 얻으려면 큰 위험을 감수해야만 한다. 다시 말해.

"누군가가 미끼가 되어야 해. 정황상 내가 해야겠네."

은발 청년이 한숨을 쉬었다.

"네네, 보스. 여기서 대기해. 내가 뛰쳐나가서 놈들의 주의를 끌게. 진압 부대가 빈틈을 보이는 순간에 너희들이 일망타진하는 거야. 알았지?"

"지, 진 오빠, 잠깐만! 일망타진이라니…… 그건 진 오빠가 적역이잖아? 네네가 미끼가 될게."

"너는 저놈들을 위협하지 못해. 옷차림을 보라고."

현재 네네는 일반인으로 변장한 상태였다.

제국 전투복 차림이라면 진압 부대도 경계할 테지만, 지금 여기서 사복 입은 소녀 하나가 툭 튀어나와봤자 과연 진압 부대 전체가 긴장해줄까?

아니다.

기껏해야 한두 명이 네네를 쫓아갈 테고, 나머지 멤버들은 계속 감방을 순찰할 것이다.

"네가 출현하는 것과, 남자인 내가 총을 들고 출현하는 것. 둘 중 뭐가 더 저놈들의 주의를 끌지 생각해봐."

"……그, 그건……. 하지만 네네와 대장님의 장비만 가지고는 힘들어. 아무리 빈틈을 노려 기습해도 저렇게 많은 무장 집단을 단번에 쓰러뜨리긴 어렵단 말이야. 몇 명은 놓칠지도 모르고, 그러다가 진 오빠가 공격당하면 끝이잖아?!"

"그렇게 되지 않도록 기도나 해. 어이, 보스. 작전은 이해했지?"

"————."

"보스?"

저격총을 든 청년과, 전기총을 꽉 쥔 소녀.

미스미스는 이 부하 두 사람의 시선을 느끼면서 입술을 꽉 깨물고 자기 왼쪽 어깨를 힘껏 움켜잡고 있었다.

……무서워.

……사실 **이런 짓**은 절대로 하고 싶지 않아. 하지만……!

그래도 이미 결심했다.

부하들을 지키기 위해 자신이 할 수 있는 일. 그것은.

"내가 미끼가 될게."

"뭐라고?"

"이봐, 보스. 내 말 들었어? 제국 전투복을 입었으면 또 몰라도, 사복을 입은 당신이 뛰쳐나가봤자 저놈들은 놀라지도 않을 거야. 당연히 주의를 끄는 것도 불가능——."

"할 수 있어."

말 대신 행동으로 보여줬다.

미스미스는 몰래 숨긴 단검으로 자기 상의를 힘차게 찢었다. 탱크톱 스타일로 왼쪽 어깨와 팔을 전부 다 드러냈다.

그렇다.

사실 이건 진짜로 하고 싶지 않았다. 자신이 마녀라는 사실을 인정하는 꼴이니까.

하지만.

"난 이제 마녀니까."

살색 밴드를 잡아 뜯었다.

마녀의 성문――성령이 깃든 얼룩에서 선명한 초록색 빛이 흘러넘쳤다.

"대장님?!"

"보스, 설마!"

"이 감옥에는 감금된 마녀들이 많이 있잖아? 그러니까――."

부하들의 대답은 듣지 않았다. 미스미스는 이스카의 성검이 든 가방을 내팽개치고 다짜고짜 통로 그늘 속에서 뛰쳐나갔다.

마녀의 성문을 일부러 상대에게 보여주면서.

"……**타, 탈옥 성공!**"

미스미스는 온 힘을 다해 외쳤다.

지하 3층――통로 저 안쪽에서 다가오는 감옥 진압 부대 여섯 명에게 다 들리도록.

"탈옥수?!"

대장의 도박은 성공했다.

"역시 탈옥수가 있었구나!"

"저 여자가 아까 그 폭발을 일으킨 건가? 어깨의 성령광…… 강한 마녀다. 다들 조심해!"

적이 미끼를 물었다.

미스미스의 결사적인 연기는 예상대로 진압 부대를 동요하게 만들었다. 이제 그들은 자신을 탈옥수라고 굳게 믿을 것이다.

"움직이지 마!"

움직이지 말아줘——.

평소처럼 말할 뻔했는데 아슬아슬하게 말투를 고쳤다.

"나, 나의 성령은…… 너희들 따윈 단번에 날려버릴 만큼 강력하니까! 지, 진짜로 강한 성령이거든?!"

"————."

복도를 사이에 두고 대치하는 무장 집단.

그들의 방패는 성령술을 막아내는 방어구였다. 그리고 그들 역시 성령술사였다. 탈옥수를 진압하기 위한 훈련을 받아온 역전의 전사들일 것이다.

그에 비해 미스미스는 성령술은 하나도 쓸 줄 모르는 초짜였다.

이런 허세가 어디까지 통할지——.

"할 말은 다 했나?"

맨 앞에 서 있는 사람이 한마디 툭 던졌다.

"탈옥한 마녀에게 베풀어줄 자비는 없다. 행형법 총칙 제19조에 의거해 처형한다."

"…………."

"전원, 돌격해라."

강력한 무장 집단이 바닥을 박찼다.

그보다 먼저 미스미스는 그들에게 등을 돌리고 복도를 일직선으로 뛰어갔다. 붙잡히면 죽는다. 탈옥수는 잡히자마자 즉시 처형되는 것도 당연히 예상한 바였다.

탈옥수인 척하는 연기. 이 미끼 역할은 정말로 위험했다.

그러나――.

"이럴 수밖에 없었어."

미스미스는 이 악물고 쉼 없이 다리를 움직였다. 복도 모퉁이를 향해 달렸다. 저 모퉁이를 돌면 또다시 긴 직선 복도가 나타날 것이다.

"이건 나밖에 못 하는 일이니까……!"

왼팔에서 지금도 계속 흘러나오는 빛.

진과 네네의 인공 성문은 성령의 빛이 너무 약하다.

그러나 자신은 진짜 마녀이기 때문에 성령의 빛도 강하고, 따라서 무력으로 탈옥한 강한 마녀라고 해도 신빙성이 있을 것이다. 진압 부대의 주의를 끌 수 있다.

……난 이제 마녀야.

……제국 대장으로 살아가는 이상, 죽을 때까지 마녀란 사실은 숨겨야 해.

그러니까.

적어도 이 마녀의 이상향에 있는 동안에는 마음껏 마녀로 살아가도 되잖아?

살아 돌아가기 위해서라면 망설이지 않을 것이다. 부하를 지키기 위해서라면, 내가 마녀가 되었다는 비극적인 재난조차 이용할 것이다.

"이제는 내가 잘 도망치기만 하면……!"

1초라도 더 길게 적의 주의를 끌어야 한다.

유도해야 한다. 등 뒤에 있는 진압 부대를 정해진 장소까지.

――쩌저적.

그 순간, 얼음 덩굴이 벽을 타고 가까이 다가왔다.

"얼음 성령술?!"

진압 부대는 여섯 명. 그중 누군가가 사용한 성령술일 것이다.

벽에 생겨난 얼음 덩굴이 뿌리를 뻗었다. 달리는 미스미스의 발을 옭아매려고 했다. 미스미스는 얼른 점프해서 종이 한 장 차이로 피했다.

……진정해, 정신 차려. 얼음 성령은 드문 것도 아니잖아.

……또 뭐가 있지? 대표적인 성령술, 제국에서 몇 번이나 공부했잖아.

전투는 늘 부하에게 맡겼었다.

자신이 끼어들면 오히려 방해가 되니까. 그래서 뒤로 물러나 지켜보기만 했었다. 믿음직한 부하들에게 둘러싸여 자랑스러움을 느끼기도 했지만, 그와 동시에 자신이 한심하다는 생각을 했었다.

그러나 지금은———.

"이번엔 불이야?!"

목덜미에 느껴지는 열기. 뒤를 돌아봤다.

코앞까지 접근한 불의 벽. 이건 포박용 기술이 아니었다. 진짜로 탈옥수를 처형하기 위한 공격이었다.

"이, 이런 곳에서…… 죽을 수는 없어!"

복도 모퉁이로 뛰어들었다.

그 직후, 1초도 안 돼서 불의 벽이 통로를 집어삼켜버렸다. 그런데 그게 끝이 아니었다. 성령의 불꽃이 눈 깜짝할 사이에 사라지더니 그 뒤에서 진압 부대의 발소리가 이쪽으로 다가왔다.

——그리고 앞에서도.

"협공인가?!"

미스미스의 앞과 뒤에 있는 통로에서 성령 대항용 방패를 든 무장 부대가 나타났다.

그들은 감방의 구조를 숙지하고 있으므로 이동 경로를 잘 알았고, 미스미스를 협공하기 위해 부대를 둘로 나눴던 것이다.

"윽, 그렇다면……!"

앞뒤는 막혔어도, 코앞에 모퉁이가 하나 더 있었다. 그쪽으로 도망치면——.

그렇게 판단하고 몸을 틀었을 때.

총성이 울렸다. 허벅지에 파고드는 날카로운 통증. 미스미스는 바닥에 쓰러지고 말았다.

"이 마녀야. 귀찮게 굴지 마."

이어지는 총성.

두 번째 탄환이 몸을 일으키려던 여대장의 어깨를 스치고 지나갔다. 대형 권총. 제국군의 총을 전장에서 회수해서 만든 모조품일 것이다.

"탈옥수. 아니, 탈옥수 미만인가. 여기서 처형을 완료한다면 말이지."

상대가 권총을 들이댄다.

쓰러져 있는 미스미스의 이마를 겨냥하는 총구. 게다가 뒤에서도 협공하러 온 남자가 총을 들고 있었다.

"…………."

"뭐야, 그 눈빛은? 목숨을 구걸하고 싶으면 좀 더 불쌍한 표정을 지어봐, 응?"

남자의 도발. 미스미스는 기죽지 않고 대꾸했다.

"……천천히 갖고 놀다가 죽이려고?"

총을 쓰는 방법은 잘 알고 있었다. 그래서 미스미스는 이해했다. 아까 그 두 발의 총알은 우연히 직격하지 않은 게 아니었다. 상대가 탈옥수를 겁주려고 일부러 빗맞힌 것이었다.

아니, 혹시 내가 여자라서 능욕하려는 건가? 어쨌든——.

"초보자네."

미스미스는 총구 앞에서도 의연하게 상대를 쏘아봤다.

“상처 입은 짐승이 얼마나 무서운데. 그렇게 느긋하게 총을 겨누고만 있다니, 내가 보기에는 초보자나 마찬가지야. 경험이 없다는 증거지.”

“자신의 처지를. 이해하지 못했나 보군.”

차가운 총구가 이마에 닿았다.

“상처 입은 짐승? 네가 짐승이라고? 웃기지 마라. 그 성령…… 성령의 빛은 강하지만, 어차피 전투에는 어울리지 않는 능력일 거야. 그게 아니라면 벌써 사용했을 테니까.”

“글쎄, 또 모르지?”

“아니, 알아. 네놈은 짐승이 아니다. 이제 곧 처형될 탈옥수일 뿐이다.”

“——.”

이를 악물었다.

코앞에 있는 총구를 보고 두려워하지 않을 사람은 없을 것이다.

그러나.

“그래, 좋아.”

이토록 큰 위험을 감수했기 때문에 도박에서 승리한 것이다.

“나는 나 자신이 상처 입은 짐승이라고 말한 적 없거든?”

“뭐라고?”

“뒤에 누가 있는지 확인해봐.”

“흥. 공갈 협박이냐? 대체 누가——.”

목소리가 얼어붙었다. 아무도 없을 텐데. 그리고 실제로 이 남자 진압 부대원이 곁눈질로 힐끗 봤을 때에는 아무도 눈에 띄지 않았다.

진압 부대 동료들조차 보이지 않았다.

같이 탈옥수를 추적한 동료들 다섯 명. 지금까지 자신과 나란히 달렸던 그 발소리가 홀연히 사라져버렸다. **마지막으로 남은 한 사람**은 그제야 그 사실을 깨달았다.

"?!"

통로 안쪽에 쓰러져 있는 동료들.

게다가 반대편 모퉁이에도 쓰러져 있는 남자들.

"……나는 시간만 벌면 되는 거였어. 너희들이 나를 갖고 놀면서 희롱해도 괜찮았어. 그 사이에 내 부하가 적을 해치워줄 테니까."

제국의 여대장은 오른손으로 마녀의 얼룩을 숨기면서 소리쳤다.

"마녀가 되었어도 난 제국 사람이야! 황청 부대에 지지 않아!"

"보스, 엎드려."

통신기에서 조그맣게 들려오는 저격수의 목소리.

그와 동시에 미스미스는 힘차게 고개를 숙여 바닥에 댔다.

――저격.

통로 안쪽에서 날아온 하나의 총알이, 미스미스를 겨누던 권총 측면을 정확히 때렸다.

"대장님, 오래 기다렸지?"

마지막 한 사람의 등 뒤에.

진짜 야생짐승처럼 소리 없이 다가온 네네가 고압 전기총을 사용했다.

탄환조차 막아내는 금속 섬유를 뚫고 들어간 강렬한 고압전류가 일격에 진압 부대원을 기절시켜버렸다.

그는 그대로 쓰러졌다.

"……휴. 이 층에 있는 적은 다 처리한 것 같네."

네네는 남자가 떨어뜨린 총을 회수하더니 심호흡을 한 번 했다.

"다행이야. 진짜 아슬아슬했지? 대장님. 정말 멋진 연기였어. 훌륭한 미끼──."

"네네야아아아아아아아!"

"으악?!"

"무서웠어! 몇 초만 더 늦었어도, 나 진짜로 총에 맞았을 거야!"

자기 부하인 소녀에게 달려들어 와락 끌어안았다.

"응, 응, 알았어. 대장님. 총 맞은 데는 괜찮아?"

"으, 응. 스치기만 했어…… 너희 둘이야말로 어디 다친 데 없어?"

"있겠냐?"

복도 저 안쪽에서 저격총을 메고 나타난 은발 청년.

"보스를 쫓아가는 이놈들을 뒤에서 쏘아 넘어뜨렸을 뿐인데. 다칠 이유가 없잖아. 뭐, 이놈들은 방탄복을 입고 있으니까 죽지는 않았을 테지."

"인질로 삼을까?"

"필요 없어. 이대로 위로 올라가자. 물자도 입수했으니까."

진압 부대의 총과 방패.

어쩔 수 없이 최저한의 무기만 들고 왔던 세 사람에게는 아주 소중한 전리품이었다.

"보스가 활약하다니, 이건 드문 일인데. 칭찬받을 만한 행동이었어. 참 드물게도."

"그게 무슨 칭찬이야?!"

"그보다도 하나 신경 쓰이는 게 있는데."

진의 시선이 미스미스의 왼쪽 어깨에 꽂혔다.

선명한 초록색 성문. 아까보다 광량은 상당히 약해졌지만, 그래도 뚜렷한 빛 얼룩이 남아 있었다.

"그 빛을 보면…… 보스에게 들러붙은 성령은 꽤 강력한 놈일지도 몰라."

"어? 지, 진 군, 그게 무슨 소리야?!"

돌이켜 보니 진압 부대 사람들도 그런 말을 했던 것 같기도 하다. 하지만 사실 미스미스 본인은 그런 말을 들어봤자 전혀 기쁘지 않았다.

……강력한 악마가 들러붙었구나~라는 말을 들은 기분?

……그런다고 어느 여자애가 기뻐하겠어?

"기쁘지 않아. 숨기기도 힘들잖아……."

예비 밴드를 꺼내서 피부에 붙였다.

그 모든 상황을 가만히 지켜보는 진과 네네의 시선을 느낀 순간, 미스미스는 다급히 왼쪽 어깨를 가렸다.

"아, 아이참! 진 군, 네네야, 보지 마. 이거 부끄럽거든?!"

그리고 심호흡을 했다.

밴드 밑에서 흘러나오는 연한 빛을 살그머니 오른손으로 덮어서 가렸다.

"둘 다 잘 들어. 우리는 여기서 탈출할 거야. 그리고 무사히 돌아가서 리샤한테 설교할 거야. 어떻게 너만 먼저 도망칠 수 있어?! 하고. 미안하면 우리한테 불고기 쏘라고 할 거야."

"이스카 오빠까지 포함해서?"

"당연하지!"

오레르간 감옥탑 밖을 향해──.

제907부대는 진압 부대의 발소리가 메아리치는 계단을 전속력으로 달려 올라갔다.

3

밤에 피는 꽃.

불꽃──?

몇 초 동안 이스카는 그런 착각에 빠졌다.

호텔 최상층에서 보이는 풍경은 눈부신 네온사인으로 빛나는 빌딩숲. 그 위에 펼쳐진 연한 먹빛 하늘에서 환한 꽃이 피었다.

선명한 붉은색.

"……저게 뭐지?"

앨리스가 메마른 목소리로 중얼거렸다.

그와 동시에 거대한 불기둥이 지상에서 하늘로 솟구쳤다.

"어?"

"폭발……?!"

둘이 동시에 유리벽에 손을 대고 달라붙었다. 숨 쉬는 것조차 잊고 불기둥을 지켜봤다.

점점 사라져간다. 불기둥과 함께 무수한 불티도 소멸됐다. 상당히 거대한 폭발인데도 이토록 빨리 사라지는 것을 보면 성령술일 것이다.

……성령의 불은 수십 초 만에 꺼진다.

……화재가 날 염려는 없지만, 저만한 규모라면 틀림없이 부상자도 생겼을 것이다.

그런데 누구지?

황청 내부에서 폭발이 일어난다면 그건 제국군의 파괴 공작일 가능성이 높았지만, 방금 그 불은 아무리 봐도 성령의 불이었다. 범인은 성령술사였다.

"오레르간……."

앨리스의 입술에서 흘러나온 희미한 한숨.

"저쪽은 오레르간 감옥탑이 있는 방향이야. 위치도 아마 맞을 거야."

설마.

오늘 아침에 들은 시설의 이름이다. 수많은 죄수들을 관리하는 이 주에서도 가장 흉악한 범죄자들이 갇혀 있는 곳.

″『초월』의 샐린저는 그때 여왕이었던 네뷸리스 7세에게 덤벼들었어.″

″그 마인은 **스스로 왕 이상의 존재가 되려고 했어**.″

이스카는 그런 이야기를 들었었다.

오레르간 감옥탑의 가장 깊은 곳에는, 30년 전 당시의 네뷸리스 여왕에게 도전했던 마인이 지금도 유폐되어 있다고.

"긴급사태입니다!"

조그만 노크 소리가 두 번 났다.

이어서 가정부 옷을 입은 시종이 주인의 대답도 기다리지 않고 문을 벌컥 열더니 안으로 뛰어 들어왔다.

"오레르간 감옥탑에서 폭발이 확인됐습니다. 그리고 그곳 부지의 지면에 거대한 구멍이 뚫렸고, 거기서 대량의 흙모래가 튀어나왔다는 보고가 들어왔습니다."

"폭발은 나도 직접 봤어."

"……죄수가 탈주했습니다."

그렇게 보고하는 시종의 입술은 떨리고 있었다.

"감옥탑 간수의 최초 보고에 의하면, **문제의** 마인 샐린저의 독방 근처에서 어마어마한 굉음이 들려왔다고 합니다."

"뭐라고?"

"지금 현장의 진압 부대와 연락을 취하고 있습니다."

"린, 서둘러! 그 마인이 탈주했다면…… 이번에는 어마마마의 **성령을 노릴 거야!**"

성령을 노린다고?

그게 무슨 뜻일까. 그러나 이스카는 옆에 있는 소녀에게 말을 걸진 못했다.

——엄청난 긴박감.

이스카가 주춤할 정도로 앨리스의 표정은 몹시 초조해 보였다.

"내가 갈게."

"아, 안 돼요, 앨리스 님! 그 남자의 성령은…… 위험합니다."

"나 말고 누가 있겠어? 진압 부대의 능력으로는 그 남자와 정면으로 맞붙어서 탈주를 막는 것은 거의 불가능한 일이야. 30년 전 전투에 관해서는 너도 들었잖아?"

"…………."

"린, 1층으로 가. 당장 차를 준비해줘."

"……알겠습니다."

시종은 더 이상 토를 달지 않았다. 고개 숙여 인사하고 쏜살같이 빠르게 문을 지나 복도로 뛰어나갔다.

다시 방에는 두 사람만 남았다.

앨리스는 린이 뛰쳐나간 문을 바라보다가 살짝 한숨을 쉬었다.

"방금 이야기 들었지? 나는 감옥탑에 가봐야 해."

“정확한 사정은 나에게는 가르쳐줄 수 없지?”

“응. 너는 적이니까.”

소녀는 매력 포인트인 금발을 손가락으로 살살 빗어 내리면서 힘없이 미소 지었다.

자조적인 미소였다.

“하지만…… 너에게 솔직히 털어놓을 수 있으면 얼마나 좋을까. 마음 든든할 텐데.”

“!”

“이스카.”

소녀의 붉은 입술에서 흘러나오는 말.

그것은――.

″만약에…… 내가 『힘을 빌려줘』라고 말하면…….″

″너는 그 부탁을 들어줄 거야?″

갈라진 숨소리.

앨리스리제의 호흡? 거친 숨소리가 우연히 그런 대사처럼 들렸을지도 모른다.

그 정도로 몹시 작은 목소리였다.

“――――아니. 미안해. 잊어줘.”

앨리스는 입술을 꾹 다물었다.

“그냥 죄수가 탈출했을 뿐이야. 다시 감옥에 집어넣어야지. 금방 처리하고 올게."

그리고 등을 돌렸다.

걸음을 떼려고 했다.

"…………아 참, 깜빡한 게 있네."

거실을 지나 안쪽 침실로.

앨리스는 금방 돌아왔다. 깨끗한 새 손수건을 들고. 남성용 손수건이었다. 딱 봐도 고급이란 것을 알 수 있는 고상한 천과 디자인이었다.

"이거 기억하니?"

″어휴. 손수건은 어쩌셨어요? 가져오신 손수건이 눈물로 다 젖었다고 해서 제 것을 빌려드렸잖아요.″

″……그것도 이미 흠뻑 젖었어.″

″인간 수도꼭지네요?!″

중립도시 에인의 오페라하우스에서.

오페라를 볼 때 옆에 앉아 있는 소녀에게 손수건을 빌려줬는데, 그 사람이 알고 보니 앨리스였다. 잊을 수 없는 추억이었다.

"이런 때 건네주다니, 예의 없는 행동처럼 보일지도 모르지만. 린이 없을 때 주고 싶었어. 네가 빌려준 것은…… 어…… 내가 좀 험하게 써서. 새것을 준비했어. 미안해. 네가 좋아하는 스타일이 아닐지도 모르지만."

네모지게 접은 손수건을 테이블에 올려놨다.
“여기 놔둘게. 마음에 안 들면 그냥 놔둬. 그래도 이왕이면 마음에 들어서 가져가주면 좋겠어.”
쑥스러워서 그러는 걸까?
눈도 제대로 마주치지 않고 빠르게 그런 말만 한 다음에.
“안녕. 이스카.”
네뷸리스 황청의 공주는 이스카에게 등을 돌렸다.
방 밖으로 사라져갔다.
그동안 이스카는 뭐 하나 의미 있는 말을 꺼내지 못했다.
――모든 일이 너무나 갑작스러웠다.
이 한밤중에 대폭발이 일어났고.
감옥탑에서 마인 샐린저라는 죄수가 도망쳤다. 그 소식을 들은 린과 앨리스는 정말 심각한 표정을 지었다.
……도대체 뭐야. 『초월』의 샐린저? 앨리스가 그런 표정을 짓다니.
……무슨 일이 일어나고 있는 걸까?
제국 병사인 자신으로선 알 방법이 없었다.
추리하고 싶어도 단편적인 정보밖에 없었다. 정보의 퍼즐 조각을 맞추고 싶어도, 부족한 조각이 너무 많았다.
“제기랄, 게다가 린의 말에 의하면 낮에 누군가가 국경을 넘어 침입했다고 했잖아? 그것도 상관이 있는 건가?!”
오늘 아침에 제13주에서 수상한 단체가 발견되었다고 한다.

그리고 한밤중에 탈옥 사건 발생. 우연치고는 묘하게 아귀가 딱딱 들어맞았다.

"아, 진짜. 누가 좀 가르쳐――――――…………어라……?"

수갑을 확 당기면서 몸을 틀었다.

물론 그런다고 수갑이 끊어질 리는 없었지만. 이스카가 몸을 돌린 이유는 거실 저 안쪽에서 익숙한 전자음이 들렸기 때문이었다.

――제국 통신기.

수면제를 먹고 끌려오는 사이에 린한테 몰수당한 아이템.

그 후 전원은 계속 꺼져 있었을 텐데. 어째서인지 지금은 착신을 알리는 큰 소리가 거실까지 들려오고 있었다.

"서, 설마, 대장님?!"

통신기가 거기 있는 이유를 생각할 여유 따윈 없었다.

통신이 끊기기 전에 그 소리가 나는 방향으로――양손이 묶인 채 거실 안쪽에 있는 침실로 향했다.

앨리스의 침실.

어젯밤에 앨리스가 사용한 침대가 있었다. 어른 둘이서도 편하게 잘 수 있는 크기였다.

희미하게 남아 있는 달콤한 향기.

소녀의 침실에 몰래 들어가는 것은 내키지 않았지만, 망설일 시간도 없었다.

"통신기, 어디 있지? 어디서…………."

머리맡. 앨리스가 사용한 것 같은 베개 옆에 통신기가 있었다. 표면의 램프는 지금도 착신을 알리면서 깜빡거리고 있었다.

……왜 이렇게 머리맡에 당당하게 놓여 있는 거지?

……몰수한 적의 아이템이니까. 보통은 은밀한 곳에다 숨겨두지 않나?

앨리스의 베개 근처에 남아 있는 이스카의 통신기.

그것을 보자——.

어쩐지 어린아이가 좋아하는 인형을 껴안고 잠든 광경이 저절로 연상됐다.

"……앨리스?"

이곳을 떠난 소녀의 이름을 불렀다.

그런데.

눈앞에서 소리를 내는 통신기가 이스카의 상념을 단숨에 없애버렸다.

"아, 맞다, 착신!"

『——————————.』

"저기요……!"

『————————이스카 군?』

순하고 사랑스러운 목소리. 아직 어린 소녀의 목소리처럼 들리기도 하지만, 이 소리의 주인공은 어엿한 제국 대장이었다.

"미스미스 대장님! 저예요, 이스카!"

『이스카 군?! 다행이다. 겨우 연락이 됐네! 진 군, 네네야!』

『됐으니까 요점만 말해! 우리는 진압 부대를 막느라 바쁘니까! 야, 네네, 성령 대항용 수류탄을 거기다 던져!』
『오케이!』
총성. 이어서 폭발하는 소리――.
『이스카 군, 그쪽 상황은 어때?!』
"나도 잘 모르겠어요. 아무튼 지금 주위에는 아무도 없어요. 난 지금 호텔 최상층에 갇혀 있어요."
『빙화의 마녀는?』
"외출했어요. 오레르간 감옥탑이라는…… 아, 저기요. 우선 내가 있는 장소는――"
제13주 알카트루즈.
이곳에 잡혀 있다는 사실부터 설명해야 한다. 상황이 시시각각으로 급변해서 생각을 정리할 틈도 없었지만, 어쨌든 그것부터 설명하려고 했는데.
『오레르간? 아, 그거. 우리가 있는 곳인데?』
"……네?"
하마터면 들고 있던 통신기를 떨어뜨릴 뻔했다.
우리 부대 사람들이 모두 다 제13주에 모여 있고, 심지어 좀 전에 폭발이 일어났던 감옥탑에 들어가 있다고?
이게 무슨 일이야.
도대체 어떤 우연이 겹쳐지면 이런 사태가 일어나는 거야?
『진 군, 네네야, 큰일 났어! 빙화의 마녀가 여기로 온대! 이스카

군이 그랬어!』

"잠깐만요! 대장님, 아까 감옥탑에서 폭발이 일어났는데. 대장님이 한 거예요?"

『아니야. 우리도 말려든 거야. 이스카 군, 너를 찾으러 왔는데 정작 너는 없어서…… 아아, 안 되겠다. 진 군, 교대해줘!』

『이봐, 이스카.』

은발 저격수의 음성이 들려왔다.

『서로의 사정은 나중에 이야기하자. 우선 합류하는 데 집중해. 단도직입적으로 묻겠는데, 너 당장 여기로 올 수 있냐?』

"……불가능해. 양손에 수갑을 차고 있거든. 호텔에서 나가기도 전에 잡힐 거야."

『여전히 포로인가 보군.』

상대가 혀를 찼다.

오죽하면 그럴까. 늘 냉정하고 침착한 진에게서도 초조한 기색이 느껴졌다.

"진, 넌 어때? 너희가 이쪽으로 올 수는 없어?"

『탈출하려면 시간이 좀 더 걸릴 거야. 여기는 감옥탑 지하 1층이다. 진압 부대가 사방에 깔려 있어서 움직이기 힘들어.』

제907부대는 세 사람. 이쪽은 이스카 한 명.

진의 말마따나 이스카가 움직여서 그들과 합류하는 것이 가장 이상적이다. 하지만.

『이스카, 한 번 더 확인해볼게. 현재 너는 호텔 최상층에 혼자 있다. 양손의 수갑만 풀면 탈출할 수 있다. 그렇지? 그 수갑은 못 끊어?』

"끊을 수 있으면 벌써 했지."

묵직한 중량감이 느껴지는 강철 수갑. 이걸 박살내려면 전용 금속 절단기가 필요할 텐데, 그런 물건이 여기 있을 리 없었다.

"여기에는 통신기밖에 없어. 내가 들고 있는 통신기와 __________."

통신기와, 또 뭐가 있지?

수갑을 풀 수 있는 도구. 철사? 핀셋? 그걸 잘 구부려서 열쇠처럼 만들어 구멍에 꽂아볼까? 안 돼. 요즘 나오는 수갑은 그렇게 단순한 구조가 아니야.

……아니.

…………잠깐만?

내가 지금 아주 중요한 것을 놓치고 있는 것 같은데?

"린이 없을 때 주고 싶었어."

"여기 놔둘게. 마음에 안 들면 그냥 놔둬. 그래도 이왕이면 마음에 들어서 가져가주면 좋겠어."

단 하나의 기억.

소녀가 남기고 간 말이 이스카의 머릿속 한구석에서 거품처럼 표면으로 떠올랐다.

"…………앨리스?"

『이스카? 이봐, 왜 그래?!』

진의 질문에는 대답하지 않았다. 머릿속이 새하얗게 변해서 아무 말도 떠오르지 않았다.

이것은 하나의 가설이다. 아무 가치도 없는, 너무나 자기중심적인 허황된 기대에 불과하다는 것은 스스로도 알았다.

하지만.

앨리스가 왜 이런 상황에서 그것을 자신에게 줬는지. 그 이유가 설명될지도 몰랐다.

"설마——."

이스카는 갈라진 목소리로 중얼거리면서 뛰어갔다.

거실로 갔더니, 방 한가운데에 위치한 테이블 위에는 앨리스가 떠날 때 남겨둔 물건이 그대로 놓여 있었다.

——『고마움』의 표시인 손수건.

중립도시에 있는 오페라하우스에서의 만남.

잊을 수 없었다. 전장이 아닌 다른 곳에서 자신과 앨리스가 처음으로 만났던 그때 그 일.

"……설마."

수갑에 묶인 두 손으로.

떨리는 손가락으로.

이스카는 새 손수건을 붙잡았다. 무의식중에 숨을 멈췄다. 기도하는 듯한 심정으로, 네모지게 접힌 그 천을 펼쳐봤더니————.

스르륵 하고 조그만 열쇠가 이스카의 손바닥 안에 떨어졌다.

수갑 열쇠였다.

"! ……아…… 그래…… 난, 바보였어…… 도대체 왜 이걸……."

잘그락. 수갑 찬 양손을 그대로 들어 이마를 꽉 눌렀다.

……난 바보였어.

……왜 이걸 즉시 눈치채지 못했을까!

앨리스는 자신을 풀어줄 기회를 노리고 있었다.

아마도 처음부터. 이런 납치 방식은 자기 스타일이 아니다. 전장에서 결판을 내고 싶다. 그동안 쭉 그렇게 말하지 않았던가.

적절한 협상이 이루어지면 당장이라도 풀어줄 거라고.

그렇다면.

그 「**교환조건**」은 뭘까. 앨리스는 나에게 무엇을 요구했는가?

"만약에…… 내가 『힘을 빌려줘』라고 말하면……."

"너는 그 부탁을 들어줄 거야?"

더없이 명백했다.

정답이 뭔지 모른다면, 앨리스의 라이벌을 자처할 자격은 없을 것이다.

……그것이 교환조건이라면.

……상대가 원한다면, 당연히 응해야 하지 않겠어?

찰칵 소리를 내면서 풀리는 수갑.

이스카는 바닥에 떨어진 강철 고리를 돌아보지도 않고 재빨리 침실로 돌아갔다. 거기 놔둔 통신기를 다시 붙잡았다.

"진."

『이스카?』

"당장 그쪽으로 갈게. 오레르간 감옥탑에서 만나자."

『뭐? 잠깐, 수갑은……?!』

"어떻게든 풀었어. 그리고 미스미스 대장님께 전해줘. 빨리 탈출하고, 조심하라고. 지금 위험한 것은 진압 부대가 아니야."

거칠게 소리치는 저격수에게 빠른 말투로 대꾸했다.

"거기 갇혀 있던 마인이 탈출했어."

『……무슨 소리야?』

"자세한 이야기는 나중에 해. 나도 즉시 그쪽으로 갈게."

통신을 종료했다.

어둑어둑한 침실에서 이스카는 살짝 숨을 내쉬었다.

"초월의 마인."

그 시대의 여왕에게 도전했던 남자. 어떤 존재인지 상상조차 하기 어렵지만.

"금방 갈게. 걱정하지 마."

그것은——.

누구에게 한 말이었을까. 이스카는 스스로도 알 수 없는 무의식적인 의지가 담긴 한마디를 중얼거리면서 그곳을 떠났다.
"상대가 성령술사라면, 어떤 녀석과 싸워도 지지 않을 거야."

4

제13주 알카트루즈 도심부.
한밤중인데도 불구하고 거리에 수많은 사람들이 모여 웅성거리고 있었다.
오레르간 감옥탑에서 폭발 발생. 단속적인 땅울림이 이어지고, 강력한 성령술의 빛을 목격한 사람도 있었다.
그 인파 속에 숨어서——.
이스카는 큰길을 따라 일직선으로 계속 달려갔다.
"초월의 마인 샐린저. 그놈이 도망쳤다면 네뷸리스 여왕의 성령을 노릴 거라고? 도대체 그게 무슨 뜻이야……?!"
달리면서 속으로 고뇌했다.
이스카는 과거에 샐린저란 이름을 들어본 적이 없었다. 그 남자가 선대 여왕을 공격했다는 일화도 앨리스한테서 처음 들었다.
……네뷸리스 황청도 튼튼한 것은 아니다.
……왕가에 반대하는 자가 있고, 샐린저는 그중 한 명이다. 그런 건가?
이윽고.
인적이 뚝 끊겼다.

"탑이 불타고 있잖아?!"

우툴두툴 일그러진 형태의 감옥탑. 그 주변 일대——철책으로 둘러싸인 부지는 엄청난 기세의 새빨간 불꽃에 휩싸여 있었다.

밤하늘을 덧칠하는 붉은색.

이스카가 아무리 뚫어져라 쳐다봐도 그 불은 꺼질 기미가 보이지 않았다.

"성령의 불이 아니야. 화재인가? 동료들은…… 어디 있지?!"

이 부지 어딘가에 앨리스와 린도 와 있을 것이다.

그러나 우선 부대 동료들과 합류해야 했다. 이스카가 진과 통신기로 대화한 시점에서 제907부대 세 사람은 감옥탑 지하에 있었다.

"미스미스 대장님, 진, 네네. 다들 어디에……!"

"이스카 군?!"

부지 안에서 그런 소리가 들려왔다.

감옥탑을 배경으로 귀여운 여대장이 잔디밭을 가로질러 뛰어왔다.

제국 전투복이 아닌 사복. 변장을 했나 보다. 평소에는 뒤로 모아놓는 머리카락을 풀어 헤쳐서 조금 어른스러워 보이기도 했다.

양팔로 뭔가를 끌어안고 있었는데, 그것은 검은색과 하얀색 성검——.

"미스미스 대장님!"

"으아아아아앙! 이스카 군, 이스카 군, 맞지?!"

"헉?"

부지 밖으로 뛰쳐나온 상사는 주변 상황조차 잊어버리고 그에게 와락 달려들었다.

검댕이 묻은 뺨을 이스카의 가슴에 대고 몇 번이나 비볐다.

"다행이다⋯⋯ 저, 저기, 이스카 군, 미안해. 내가 똑바로 행동했으면⋯⋯."

"아, 아뇨! 그건 완전히 제 실수였어요!"

수면제가 든 주스를 부주의하게 마셔버린 것은 자신의 실수였다. 아무리 딴 데 정신이 팔렸어도 그렇지.

"대장님, 나머지 둘은요?"

"아앗——! 미스미스 대장님! 또 그렇게 이스카 오빠를 독점하는 거야?!"

날카로운 소녀의 목소리.

미스미스에게 안겨 있는 이스카의 눈앞으로 포니테일 소녀가 뛰어왔다. 양손으로 고압 전기총을 꽉 쥔 채.

"대장님, 치사해! 그만하고 떨어져, 이스카 오빠는 우리 모두의 것이니까!"

"내가 먼저 발견했거든?!"

"조용히 해."

침착하게 잔디밭을 가로질러 걸어오는 진. 맨 마지막에 나타난 이유는 감옥탑에서 탈출할 때 그가 후위를 맡았기 때문일 것이다.

"쓸데없는 근심의 연속이었군."

은발 청년은 이스카를 보자마자 어깨를 으쓱하며 말했다.

"너무 쉽게 잡혀 갔나 했더니, 또 너무 쉽게 탈출하고 말이야. 어째 눈 깜빡할 때마다 상황이 급변한다?"

"윽…… 나도 알아. 미안해."

세 사람 앞에서 고개를 숙였다.

부대 동료들이 어떻게 여기까지 왔는지. 느긋하게 물어볼 시간은 없지만, 아무튼 결코 쉬운 일은 아니었을 것이다.

"뭐, 됐어. 우선 여기서 도망치자. 꾸물거리다간 화재에 말려들 거야."

진이 이스카의 등 뒤에 있는 철책을 향해 턱짓했다.

감옥탑의 잔디밭 곳곳이 불타면서 그 불티가 허공을 새빨갛게 물들이고 있었다. 부지 바깥까지 불이 번져 나가는 것도 시간문제일 터.

"가자."

"앗, 잠깐만, 진! 대장님, 네네. 잠깐 기다려봐."

"?"

"……대장님. 그 성검. 내가 받아도 될까요?"

여대장이 끌어안고 있던 두 자루의 성검을 받아 들었다. 겨우 며칠 동안 떨어져 있었을 뿐인데. 이 칼집의 단단한 감촉이 왠지 그립게 느껴졌다.

"————."

이 검을 가지고 이 감옥탑에서 해야 할 일이 남아 있었다.

나는 아직 앨리스와의 「교환조건」을 이행하지 못했다.
"대장님. 죄송하지만 딱 15분만 시간을 주실 수 없나요?"
"뭐?"
"먼저 큰길로 나가 계세요. 저기 저 제일 큰 호텔이 내가 갇혀 있었던 곳입니다. 저 호텔 뒤편에서 기다려주세요. 나도 금방 따라갈 테니까."
"뭐라고?! 이, 이스카 군, 잠깐만!!"
오레르간 감옥탑.
불길과 흙먼지에 휩싸인 부지. 그곳으로 이스카는 과감하게 뛰어들었다.

5

그보다 조금 전——.

제13주 알카트루즈 도심부.
"……린, 최대한 빨리 가줘."
맹렬한 스피드로 차도를 달리는 소형차.
앨리스는 빠르게 뒤로 사라져가는 빌딩숲을 바라보면서 혼잣말하듯이 중얼거렸다.
"그 마인이 여기서 날뛰면 큰일 날 거야."
"네. 하지만 밖에 나와 있는 주민들도 곧 건물 안으로 대피할 겁니다. 탈옥한 죄수와 마주치는 것은 위험하니까요."

성령술사——.

제국에서는 모두 다 무시무시한 괴물처럼 취급되고 있지만, 사실 강력한 성령술을 쓸 수 있는 자는 극히 일부에 지나지 않았다. 대부분의 성령술사들은 기껏해야 산들바람이나 만들어내는 수준이었다.

마녀의 낙원이라곤 해도, 여기 사는 성령술사들 중 태반은 두려워할 필요 없는 존재였다.

한편.

감옥탑에 갇힌 죄수들은 강력한 성령을 지녔기 때문에 범죄를 저지른 경우가 많았다.

"죄수의 탈옥. 그중에서도 가장 끔찍한 사태입니다. 이번 일은 틀림없이 황청의 범죄 역사에 남을 것입니다."

"안 남아."

앨리스는 주저 없이 단호하게 대꾸했다.

"내가 출격해서. 그 죄수를 또다시 감옥에 가둘 거야. 그러면 끝나는 거야."

"저도 함께 가겠습니다. 그 마인이 한번 자취를 감추면 추적하기는 몹시 어려울 겁니다. 그놈은 틀림없이 왕궁에 나타날 겁니다."

"맞아. 그러니까 린, 서둘러줘."

제한속도보다 더 빠르게 차를 몰았다.

……상대는 마인 샐린저.

……혼자서 왕궁에 쳐들어가 여왕의 방까지 도달한 남자.

선대 여왕에게 반항한 대역죄인.

앨리스가 아는 한, 왕궁 외부인이 여왕의 방까지 쳐들어간 것은 황청 역사상 이례적인 일이었다. 그 몇 안 되는 예외가 샐린저였다.

물론 그 성령의 능력이 무엇인지는 린도 앨리스도 들어서 알고 있었다.

"어마마마께서 말씀해주신 적이 있어. 30년 전에 그가 당대의 여왕 **네뷸리스 7세의 성령을 노리고 왕궁을 습격했다**고."

"네, 그렇죠. 현재의 여왕님께서 그를 막아내셨고요."

당대의 여왕 네뷸리스 7세와 현재의 여왕 네뷸리스 8세가 출동했었다. 만약의 사태에 대비한 것일 테지만, 어쨌든 샐린저는 그만큼 위험시된 남자였다.

"앨리스 님, 조심하세요."

"쓸데없는 걱정 하지 마."

앨리스는 침착하게 미소 지으며 대답했다.

"정면으로 부딪친다면 나는 절대로 지지 않아. 어마마마와 선대 여왕님이 싸웠던 상대. 그래서? 그게 뭐 어쨌다고?"

그 정도로 제압할 수 있는 상대라면.

나는 절대로 지지 않아.

——빙화의 마녀 앨리스리제 루 네뷸리스 9세의 전력은.

——이미 현재의 여왕을 능가한다.
이것이 어머니이자 여왕인 분에 대한 불손함에 해당한다는 것은 스스로도 알았다.
그래서 앨리스도 자기 입으로 그런 말을 하지는 않았다. 그러나 현재 여왕인 네뷸리스 8세가 태연하게 그렇다고 공언하니까 어쩔 수 없었다.
……그래, 맞아. 나는『초월』의 샐린저를 두려워하지 않아.
……내가 두려워하는 것은 싸움이 아니야. 싸운 결과 그를 놓치는 것이지.
자기 자신은 걱정되지 않았다.
그 남자는 틀림없이 네뷸리스 왕궁을 다시 습격할 것이다. 그리고 여왕인 어마마마를 노릴 테니까. 그게 위험한 것이었다.
"앨리스 님. 저기 보입니다."
"그래. 곧 도착하겠네."
린이 운전석에서 말하자, 앨리스도 고개를 들었다.
——쩌억.
그 순간. 고개를 든 앨리스의 눈앞에서 자동차 앞 유리에 금이 갔다. 강화유리에 지름 1센티미터쯤 되는 움푹한 구멍이 생겼다.
"총알?! 제국군이 발포한 건가?!"
"뭐라고……?"
"앨리스 님, 엎드리세요!"
급선회. 린이 핸들을 꽉 잡고 차량 방향을 돌렸다.

"이 차를 노리고 있습니다. 탈출하세요!"
"알았어!"
운전석 오른쪽 문에서 린, 뒷좌석 왼쪽 문에서 앨리스가 밖으로 뛰쳐나갔다.
――강제로 파괴된 철책.
어떤 엄청난 충격으로 인해 원형조차 안 남아 있을 정도로 일그러져버린 문짝이 거기 있었다.
그리고 타오르는 불길.
잔디가 깔린 감옥탑 부지에서 퍼져나가는 불길은 앨리스가 지켜보는 동안에도 꺼질 줄을 몰랐다.
……성령의 불이 아니야. 평범한 화재도 아니야. 소이탄인가?
……제국군의 소행?!
타이밍이 너무 완벽했다.
아무리 봐도 이것은 마인 샐린저의 탈옥과 무관하지는 않을 것 같지만.
"그러나. 제국이 왜? 샐린저는 황청 내부의 반역자. 제국은 그의 존재를 모를 텐데……."
불길과 검은 연기.
그리고 뭉게뭉게 피어오르는 흙먼지 탓에 앞이 잘 보이지 않았다. 바로 옆에 있는 린의 모습조차도 몇 발짝만 떨어지면 틀림없이 안 보이게 될 것이다.
감옥탑은?

제일 중요한 감옥탑의 상황은 불길과 연기의 벽에 가려져서 전혀 알 수가 없었다.

그런데 가장 큰 문제는 이 소란이었다.

앨리스의 눈앞에서 뛰어가는 자들이 소리를 질렀는데, 그 내용은――.

"감옥탑 관리실, 상황 조회…… 지하 11층에서 감방이 파괴된 것을 확인! 마인 샐린저가 도주한 것 같습니다!"

"됐고, 소방대는 어디 있어?!"

"구경꾼들은 가까이 오게 하지 마, 그중에 제국군이 숨어 있어!"

"죄수들이 탈주했을 가능성도 있다. 지하 3층과 2층에서도 소규모 전투가 발발――――."

명령 체계가 흐트러졌다.

부지를 뛰어가는 사람들 중 그 누구도 완벽하게 상황을 이해하진 못한 것 같았다. 각 조직이 연대하기는커녕 따로따로 분열되어 있었다.

아니, 분열되게끔 유도된 것이다.

"……완전히 당했군요."

주먹을 꽉 쥐는 린.

"단순히 샐린저만 탈옥한 게 아닌가 봅니다. 이 동시다발적인 소란……."

1. 돌연 지하 독방에서 사라진 마인 샐린저.

2. 예기치 못한 제국 부대의 침입.

3. 지하 감옥 파괴에 의한 샐린저 이외의 탈옥수 발생 가능성.

4. 1~3의 소란에 의한 민중의 혼란.

이 모든 사건이 동시에 발생했으므로, 황청 측의 지령이 상황을 완벽하게 통제하지 못하게 된 것이었다.

……이대로 있으면 샐린저를 놓치게 된다.

……그뿐만이 아니다. 대량의 탈옥수 발생도, 제국의 파괴 공작도 막지 못할 것이다.

제13주에 대한 침공?

아니다. 아마 제국의 목표는 네뷸리스 중앙주일 것이다. 제13주로 시선을 끌고, 그 혼란을 틈타 네뷸리스 왕궁에 침입한다.

만약 앨리스가 제국군이었으면 그런 계획을 세웠을 것이다.

단순히 감옥탑이 불타는 것으로는 그치지 않는다. 여기서 사태를 진화하는 데 실패한다면, 황청 자체가 위기에 처할 것이다.

……그러면 국민은 여왕을 불신하게 될 테고.

……그게 바로 제국의 목적일 것이다.

이제는 샐린저만 붙잡는다고 해결될 일이 아니었다. 이 나라의 공주로서, 눈앞에서 발생한 소란을 전체적으로 수습해야 한다.

"좋아. 내가 전부 다 해결할 거야. 그게 왕녀의 소임이잖아?"

자기 자신에게 그렇게 말했다.

앨리스는 곧바로 오른손을 들고 딱 한마디만 했다.

"——**진정해라**."

오레르간 감옥탑의 공기가 얼어붙었다.

비유가 아니라.

실제로 감옥탑 부지라는 이 광대한 공간이 눈 깜짝할 사이에 빙하기를 맞이한 것처럼 극한의 세계로 변모했다.

빙설이 섞인 바람이 몰아쳤다. 발아래 있는 잔디가 희뿌옇게 얼어붙었다. 맹렬하게 타오르던 불길도 기세가 죽어 차가운 공기로 변했다.

"이분을 따르라! 여기 계시는 분이 누구신지 아느냐!"

린의 노호. 그곳에 있는 모든 사람들이 멈춰 서서 그쪽을 돌아봤다.

지독하게 차가운 냉기의 근원——.

하늘을 찌를 듯이 솟구친 고드름과 그 고드름을 배경으로 서 있는 금발 머리 왕녀. 그 광경을 본 순간 모두가 제 눈을 의심했다.

"앨리스리제 공주님?!"

"맙소사, 왜 이런 곳에 왕녀가…… 아, 아니…… 뵙게 되어 크나큰 영광입니다!"

진압 부대원 몇 명이 잽싸게 무릎을 꿇고 고개를 숙였다.

앨리스는 그들을 보고 미소로 답하면서 말했다.

"내가 이곳을 지휘하겠습니다. 맡겨주실 수 있을까요?"

아무도 이론은 제기할 수 없었다.

시조의 말예인 앨리스리제 루 네뷸리스 9세——제국군에 대항하는 비장의 카드로도 유명한 이 왕녀님이 스스로 지휘, 통제를 맡으신다고 했으므로.

실력과 기품과 아름다움.

위대한 카리스마를 지닌 공주님이 손을 아래로 내렸다.

"제2왕녀 앨리스리제의 이름으로 네뷸리스 여왕의 절대 지휘권을『대리 집행』합니다. 전 부대는 복종하십시오. 내가 여러분을 이끌겠습니다!"

명령 계통은 총 네 가지.

마인 샐린저를 추적하라는 명령은 감옥탑 진압 부대에.

샐린저 이외의 탈옥수들을 포획하라는 명령은 감옥탑 간수에게.

침입한 제국 부대에 반격하라는 명령은 성령 부대에.

그리고 민중을 진정시키라는 명령은 도시 경비대에.

앨리스가 그 모든 명령을 내리고 전체를 통제한다.

……이로써 혼란이 제13주 전역으로 퍼지는 사태는 막을 수 있을 것이다.

……그러나 이 선택은 양날의 칼이기도 했다.

앨리스는 이제 여기서 움직이지 못한다.

마인 샐린저는 과연 진압 부대의 총력만으로도 쓰러뜨릴 수 있는 상대일까?

"린."

"알겠습니다."

앨리스를 수행하는 시종이 대답했다.

"시간이 없어. 위험한 역할일 테지만, 너밖에 없어. 진압 부대의 힘만으로는 아마 그 녀석을 저지하지 못할 거야."

"네, 알겠습니다. 반드시 해내겠습니다."

린은 한 번 인사한 다음에 감옥탑을 향해 뛰어갔다.

그 모습을 기도하는 심정으로 지켜보면서——.

"……!"

앨리스는 말없이 어금니를 꽉 깨물었다.

역대 여왕이 협력해서 간신히 격퇴한 초월자는 너무나 위험한 존재다. 그러니까 실은 자기가 직접 싸워야 하는데.

……린을 못 믿는 것은 아니다. 린은 정말로 강하다.

……그러나 믿어도 여전히 불안했다.

생각해보면 불길한 예감이 들긴 했었다. 일이 이런 식으로 진행될지도 모른다는 염려. 자신이 꼼짝도 못 하는 상황에서 린이 혼자 초월자를 상대하게 될 가능성.

그렇기 때문에——.

나는 그때 눈앞에 있는「그」에게 조력을 부탁하고 말았다.

"만약에…… 내가『힘을 빌려줘』라고 말하면……."

"너는 그 부탁을 들어줄 거야?"

그가 협력해주면 얼마나 마음이 든든할까.

그렇게 생각한 순간, 앨리스의 입술은 공주라는 자기 입장조차 무시하고 무의식중에 그런 말을 자아냈다.

……혹시 오해했으면 어쩌지?

……내가 초월자를 이기지 못하니까 도와 달라고 부탁한 것처럼 보였을지도 모른다.

아니, 됐어. 이미 끝난 일이야.

지금은 단지 최선을 다할 뿐. 이곳을 전력으로 지휘하고 통제하면서 린이 무사하기를 계속 기도하자.

"왕궁으로 긴급 연락. 당장 회선을 준비하세요!"

앨리스는 여전히 타오르고 있는 불 속에서 힘차게 소리를 질렀다.

"내가 여왕 폐하께 직접 이야기하겠습니다. 서둘러주세요!"

6

감옥탑이 화염에 휩싸였다.

"……마인, 어디 있느냐!"

불티와 흙먼지가 혼연일체가 된 공기를 가르면서 린이 목청 터져라 외쳤다.

점점 커지는 업화.

앨리스가 발산한 냉기에 의해 일순 가라앉긴 했지만, 또다시 불티가 허공을 날아 잔디밭에 떨어져 자꾸만 불을 일으켰다.

"제국 병사도 아직 근처에 숨어 있나……?"
시야가 몹시 안 좋았다.
눈앞에 있는 사람이 성령술사 동료인가 싶어도, 성령술사로 변장한 제국의 첩보원일 가능성도 상정해야만 했다.
"……또 불도 꺼야 하고."
소화 작업이 늦어지면 감옥탑 자체가 통째로 불타버릴 것이다. 더 나아가 감옥탑 외부까지 불이 번진다면 대참사가 벌어질 것이다.
"흙덩어리여."
린의 명령에 의해 잔디 밑의 지면이 꿈틀거리기 시작했다.
"불을 덮어버려라!"
지반이 뒤집힌 것처럼 대량의 흙모래가 허공을 향해 솟구치더니 바로 앞에 있는 불길 위로 쏟아졌다. 흙모래로 덮어서 불을 끄는 것이다.
그러려고 했는데――허공에서 대량의 흙모래가 그대로 굳어지더니 「방패」가 되어 린의 손안으로 날아왔다.
성령의 자동 방어.
"제국 병사?!"
총성.
린이 들고 있는 흙 방패가 연속 발포된 총탄을 막아냈다. 어둠 속의 저격. 자동 방어가 이루어지지 않았더라면 린도 이걸 회피하긴 어려웠을 것이다.

“여자나 아이여도 마녀는 봐주지 않는다는 건가.”

이곳에 있는 모든 사람들에 대한 무차별 사격.

어둠 속의 은밀한 사격은 확실히 흉악했다. 그러나 제국 병사는 한 가지 큰 착각을 하고 있었다.

“나를 너무 얕보는 거 아냐?”

네뷸리스 왕족의 시종, 다시 말해『왕궁 수호성』.

천제를 지키는 열한 명의 사도성과 마찬가지로.

네뷸리스 황청의 공주를 모시는 시종 역시 황청의 일류 성령술사였다.

“나에게 총을 쏜 시점에서, 나도 네놈들의 위치를 다 파악했다!”

대지가 흔들렸다.

잔디밭 아래에서 드러난 것은 새카만 균열이었다. 쩍 벌어진 지면의 균열이 순식간에 입을 크게 벌리고 목표물을 향해 달려들었다.

화염 뒤에 숨어 있던 제국 부대를 향해.

“땅속까지 가라앉아라.”

땅속 100미터 깊이. 하늘의 빛도 닿지 않는 심연으로. 그 균열을 피하지 못한 제국 병사들이 차례차례 땅속으로 떨어졌다.

사실상——.

처참한 모양새와는 달리 실제 살상력은 거의 0에 가깝지만. 이것은 적을 균열 사이에 끼워 넣어서 무력화하는 데 특화된 성령술이다.

"운 좋게 살았다고 생각하지 마라. 제국 병사들아."

이곳은 감옥탑. 제국의 인질을 가둬놓을 감옥은 얼마든지 있었다. 모든 일을 처리한 다음에는 땅속에서 꺼내서 감옥에 가두면 된다.

"지금 졸병에게는 볼일 없다. 그보다도———."

바스락.

누군가가 잔디밭을 걸어오는 희미한 기척. 린은 그것을 감지했다.

뭔가가 달랐다.

제국 병사의 돌격, 포로의 탈주, 진압 부대의 추적. 그런 바쁜 발걸음이 아니었다. 린이 들은 발소리는 느긋하게 지면을 밟는 소리였다.

태연하고 자신감 넘치는 태도였다.

——누구지?

이 상황에서 이토록 거만하게 걸어오는 저자는 대체 누구인가.

시뻘건 화염을 배경으로.

휘몰아치는 불티의 빛을 받아 수려한 백발 남성의 모습이 드러났다. 늠름한 외모와 진한 인상. 길게 찢어진 눈과 미소 띤 입.

웃통을 벗은 상반신에 두툼한 롱코트를 직접 걸친 기묘한 풍모.

"…………."

본 적이 있었다.

하지만 **믿을 수 없는 일이었다**. 그 남자는 30년 전에 체포됐으니까. 린이 읽은 자료가 정확하다면 이미 늙은이가 되었을 것이다.

그런데 뭐지? 이 힘이 넘치는 청년은――――――.

"적적하군."

초월의 샐린저.

예전에 왕가에 도전했던 마인이 지금 유유히 화염 속에서 나타났다.

"당연히 박수갈채로 환영해줄 줄 알았는데. 꼬마 계집애 혼자서 마중 나와준 건가?"

"새, 샐린저!"

린은 망설임 없이 자기 스커트를 차 올렸다.

번개같이 빠른 동작이었다. 린은 허벅지에 묶어둔 단검 두 자루를 뽑아서 전투태세를 취했다. 맞은편에 있는 남자는 린의 그 세련된 발도 동작을 보고 눈을 가늘게 떴다.

"호. 너는 뭐냐. 양의 탈을 뒤집어쓴 호랑이인가? 고용인 옷을 입고 있지만, 상당히 숙련된 몸놀림이군. 평범한 하녀는 아닐 터."

"대역죄인에게 가르쳐줄 이름 따윈 없다."

이 남자는.

왕궁뿐만 아니라 모든 성령술사에게 해가 되는 존재였다.

초월의 샐린저――.

이 마인은 **타인의 성령과 성령술을 빼앗는다.**

"일개 성령술사이면서도 왕궁에 침입하고. 무엄하게도 여왕님의 성령을 훔치려고 한 만행. 만 번 죽어 마땅하다!"

"…………."

"왜 그러나? 절도범 씨."

"기가 막히는군."

코트 주머니에 손을 집어넣은 채 성대하게 한숨을 내쉬는 샐린저.

"그렇게 말하는 것을 보니 너도 왕궁의 일원일 테지. 그리고 그 모습은……아, 그래. 왕족의 시종인『왕궁 수호성』인가."

"만약 그렇다면?"

"품격은 혈통에 있는 것이 아니다. 이념에 깃드는 것이다. 잘 기억해둬라."

그래. 이것이 바로 이 마인이 내건 기치이다.

네뷸리스 황청의 옥좌에 앉는 왕은 혈통으로 정하지 말고, 참으로 뛰어난 성령술사로 정해야 한다. 확실히 듣기 좋은 말이다. 그러나——.

"입 다물어라. 마인."

린은 살기가 담긴 말투로 이야기를 계속했다.

"수없이 많은 자들의 성령과 성령술을 훔친 죄인 주제에. 네놈이 내건 기치는 자기 만행을 정당화하기 위한 변명에 불과하지 않느냐!"

"아니야. 이건 『징수』다. 절도와 동일시하다니, 참으로 불쾌하군."

"뭐라고?"

"왕은 국민에게 세금을 요구한다. 그렇다면 성령술사의 왕이 성령을 세금으로서 징수하는 것이 뭐가 문제란 말인가?"

오른손을 하늘로. 손바닥에 대량의 금화라도 올려놓은 것처럼 초월의 샐린저가 그 오른손을 꽉 움켜쥐었다.

"그렇게 생각하지 않나?"

"왕 흉내를 내는 것이냐. 내가 보기엔 그야말로 일개 성령술사의 비천한 발상이구나."

"그래. **지금은 아직 왕에 그친 상태**지."

허공으로 내민 손바닥에서 빛이 생겨났다.

밤의 어둠에 묻혀버릴 정도로 약한 빛이었다. 그러나 린은 알고 있었다. 그것이야말로 마인 샐린저가 지닌 『수경(水鏡)』의 성령이 내는 빛이란 것을.

"나는 모든 성령의 힘을 가짐으로써 왕을 『초월』할 것이다."

"헛소리하지 마라. 그게 무의미한 허세란 사실은 이미 증명되었다. 네놈이 왕궁에서 누구에게 패배했는지 잊진 않았을 테지?"

당대의 여왕과 함께 이 초월자를 물리친 것은 그때 아직 10대였던 소녀──.

현재의 여왕 밀라베어 루 네뷸리스 8세였다.

"네놈이 다시 한 번 왕궁에 쳐들어가더라도 어차피 또다시 여왕님께 패배할 것이다."

"흥! 내가? 그 계집애한테? 패배했다고?"

백발 미장부가 큰 소리로 비웃었다.

한 손을 코트에 집어넣은 채, 나머지 한 손으로 자기 이마를 누르고 몸을 뒤로 젖히면서 못 참겠다는 듯이 어깨를 부들부들 떨며 웃었다.

"하, 하하하하하하! 이거 참 웃기는군. 겨우 30년. 그 사이에 역사가 이렇게 심하게 왜곡되었을 줄이야."

"……뭐라고?"

"나는 그때도 지금도 그 계집애를 무서워하기는커녕 신경 써본 적도 없다."

밤을 뚫고 울리는 목소리.

총성, 폭음, 비명, 노호. 지금도 부지 여기저기서 제국 병사와 성령 부대가 끊임없이 격돌하고 있을 것이다.

그러나 초월의 샐린저는 그 모든 전란에는 눈길도 주지 않고 비웃었다.

"네뷸리스 혈통의 진정한 무서움은 그 계집애가 아니야. **시조의 혈통이 낳는 진정한 괴물**을 알아차리지 못하는 무지함. 가엾구나."

"잘난 척하지 마라, 이 죄인아!"

린의 포효가 타오르는 불꽃을 가르며 울려 퍼졌다.

"감히 네놈이 왕가를 논하다니, 우습지도 않구나! 그리고 이 세계의 왕이 되실 분은 이미 정해져 있다. 내 주인님이시지. 네놈 따위는 그분 앞에서는 한낱 안개에 불과해."

"흐음? 그자의 이름이 뭐냐?"

"대답할 이유가 없다."

등 뒤로 손을 돌렸다.

착탈식 스커트가 허공을 날았다. 린은 무릎까지 닿는 짧은 스커트 차림으로 변했다.

"네놈은 다시 감옥에나 들어가라."

허공을 가르는 단검.

밤의 장막을 찢고 번뜩이는 칼날이, 허공에 펼쳐진 스커트를 뚫고 날아들었다. 목표는 남자의 허벅지. 저 마인도 다리를 다치면 도망치지 못하리라.

그 칼날이——남자에게 닿기 직전에 허공에서 정지했다.

"투척도 할 줄 아나? 실력이 좋군."

공중에서 정지한 칼날을 가볍게 붙잡는 샐린저.

"옷을 벗어 허공에 던진 것은 눈속임. 칼을 던지는 거동을 들키지 않으려는 술수. 나이에 비해 만만찮은 녀석이구나. 하녀야."

"바람의 성령인가."

"그게 없을 거라고 생각했나?"

성령을 빼앗는 능력. 네뷸리스 7세에게 도전한 시점에서 이미 이 남자가 빼앗은 성령은 100개가 넘었다. 그것도 모두 다 강력한 성령이었다.

방금도 그랬다. 강한 바람 장벽으로 칼날을 막아낸 것이었다.
――함부로 접근하면 안 된다.
이 남자가 어떤 성령술을 숨기고 있는지 모르는 이상, 신중하게.
"신중하게 대처할 줄 알았나?"
"뭐라고?"
"내가 네놈의 성령을 두려워해서 멈칫할 거다. 그런 식으로 예상했나?"
대지를 박찼다.
린은 살쾡이처럼 날카롭게 도약해서 겨우 세 걸음 만에 마인의 코앞에 도달했다. 오른손은 주먹, 왼손은 단검. 그대로 좀 더 가까이 적에게 파고들었다.
"성령이 강할수록 여파도 크지. 마음껏 힘을 사용해봐라, 마인아. 네놈의 성령술이 너 자신까지 해칠 것이다."
"시건방지군."
마인이 눈을 부릅떴다.
건방지다――고 말하면서도 눈은 형형하게 빛나고 있었고, 입술은 경악과 감탄으로 일그러진 미소를 짓고 있었다.
여기선 완벽한 근접전을 펼치는 것이 정답이었다.
태풍같이 심한 바람을 일으키면 샐린저 본인도 휘말리고 만다. 그렇다고 위력을 줄인다면? 위력이 약해진 성령술은 린도 흙의 성령으로 충분히 방어할 수 있을 것이다.
"훗."

린은 상대의 품에 파고들었다. 왼손의 단검을 슬쩍 보여주면서 실제로는 오른손 손날로 공격했다. 단단한 손가락으로 마인의 목을 찔렀다.

턱.

둔한 소리. 린의 손끝이 찌른 것은 초월자의 목이 아니라, 그가 반사적으로 내민 왼팔이었다. 여유롭게 코트에 집어넣고 있던 그 왼팔을 린이 드디어 끄집어낸 것이다.

"주저 없이 급소를 공격하다니. 불경하다……고 하고 싶지만, 칭찬해주마."

왼팔에서 약간의 피를 흘리면서 재빨리 뒤로 물러나는 마인.

빠르다.

단순히 다릿심만 좋은 게 아니었다. 초월자가 뒤로 물러남과 동시에 지면이 꿈틀거리면서 마치 「움직이는 보도」같이 그의 질주를 가속시켜준 것이었다.

"이봐, 하녀. 네놈은 **성령술사와 싸우는 방법을 어떻게 익힌 것이냐?**"

"…………."

"황청이 적대시하는 대상은 제국이다. 제국군과의 전투를 숙지할 기회는 있어도, 성령술사와의 전투 경험은 없을 텐데?"

성령술사와 성령술사의 싸움은 원칙적으로는 발생하면 안 된다.

왕가에 도전한 샐린저는 그런 전투 경험이 있어도 이해가 가지만, 그게 아니라면 이렇게 순식간에 「근접전이 정답」이라는 결론을 도출하긴 어려울 것이다.

"어지간히 뛰어난 귀재든가, 아니면 훌륭한 스승한테서 배웠나 보군?"

"그 질문에 대답할 이유는 없다."

대답하고 싶지도 않았다.

성령술사와 싸울 때 야생동물처럼 세차게 덤벼든다. 이런 거칠고도 세련된 방식은 린이 과거에 습득했던 그 어떤 전투 형식과도 달랐다.

——제국 검사 이스카의 전투 기법.

이스카가 자신의 주인에게 도전했을 때 보여준 전투 스타일이었다. 그걸 흉내 냈다는 사실은 죽어도 고백하고 싶지 않았다.

설령 그 검사의 실력을 속으로는 그 누구보다도 제대로 인정하고 있다 해도.

"흙덩어리여."

린이 손가락을 딱 튕겼다.

"이 남자를 짓눌러라. 저 보기 싫은 얼굴을 뭉개버려라."

샐린저의 발밑에서 지면이 부풀어 올랐다. 막대한 흙모래가 뭉쳐서 인간의 형상을 이루더니 샐린저 앞을 가로막듯이 우뚝 섰다.

"골렘? 아, 그래. 너는 흙의 성령술사구나."

"압사당해라."

"그런데 너무 약해."

골렘이 주먹을 밑으로 휘둘렀다.

그러나 마인 샐린저가 손바닥으로 그 주먹을 가볍게 막아냈다. 주먹과 손가락이 닿은 순간, 백발 미장부의 오른팔에서 무시무시한 번개가 방출되었다.

——번개의 성령.

접촉 대상을 폭발시켜버리는 흉악한 성령술이 골렘을 산산조각 냈다. 그러나. 린이 아니라 마인의 표정이 굳어졌다.

"쳇. 평범한 흙이 아니군…… 지층 심부의 점토인가?!"

골렘을 구성하고 있던 흙모래가 사방에 흩어지면서 바로 앞에 있는 샐린저의 팔과 다리에 들러붙었다. 그 흙은 진흙처럼 끈적끈적해서 떼어내기 힘들었다.

손발의 자유를 빼앗는 흙의 포박.

"흙 화장. 죄인에게 잘 어울리는구나."

"……그래 보여?"

샐린저를 얽어맸던 흙이 튕겨져 날아갔다.

대량의 흙모래가 허공을 날아서 이번에는 린을 공격했다.

"진정한 흙의 성령이란 바로 이런 것이다."

"앗?!"

흙을 제어할 수 없었다. 아니, 아니다. 이것은…… 흙을 제어하는 주도권을 빼앗긴 건가? 상대가 자기보다 더 강하게 대지에 간섭하고 있었다.

"설마……?!"

“내가 보유한 흙의 성령이 좀 더 훌륭한 상위존재라는 거지. 단순한 이치다.”

마인 샐린저의 손바닥에 떠오른 「수경」의 성문.

성령을 빼앗는 조건은 자기 성문으로 타인의 성문을 건드리는 것.

타인의 성문에 닿은 시간이 길면 길수록 더 많은 비율을 흡수할 수 있다고 한다. 그렇게 빼앗을 수 있는 능력의 최대치는 원래 숙주의 50퍼센트 정도.

——즉, 초월자가 훔칠 수 있는 능력은 성령 자체 능력의 절반에 불과하다.

그런데.

그 1/2의 능력이 린의 능력보다 더 강하단 말인가?

“내가 소지한 흙의 성령은 순혈종의 성령이다. 네놈의 성령으로는 대항할 수 없어.”

“……왕가의 성령을 빼앗았다고?!”

왕가는 초대 네뷸리스가 창설한 이 나라의 자손들이다.

이 나라를 세운 시조의 혈통에 대해 어찌 그런 무례한 짓을?

“샐린저어어어어엇, 네놈의 크나큰 죄는 백 번 참살당해도 씻어내지 못할 거다!”

“시끄럽다! 왕가가 공로자라고? 그건 아니지. 물론 시조의 공적은 위대하다고 할 수 있지만. 현재의 왕가를 봐라. 그들은 타고난 지위에 안주하고 있어. 타고난 강한 성령을 더 높은 곳까지 발전시키려는 의지도 없어.”

"……!"

"그래서 내가 왕을 초월하겠다고 말하는 거다."

백발 미장부가 양팔을 들어 올렸다.

하늘을 끌어안으려는 것처럼 머리 위를 우러러보는 동작——.

"하나만 더 보여주마."

충격.

고막이 흔들렸다. 채찍으로 온몸을 때리는 듯한 격통으로 인해 한순간 정신이 아득해졌다. 린이 그렇게 자각했을 때에는 이미 푸른 잔디밭 위에 쓰러져 있었다.

옷이 갈가리 찢어졌고, 온몸의 근육이 비명을 질렀다.

"…………크…… 허억……?!"

목구멍에서 솟구치는 타액에 피 맛이 섞여 있었다.

뭐야. 방금 내가 무슨 짓을 당한 거지? 린은 단 한순간도 샐린저에게서 눈을 뗀 적이 없었다. 철저히 집중하고 있었다. 그런데도 상대의 공격 수단이 뭔지 알 수 없었다.

"————냐——하녀————."

이명이 심해서 마인의 목소리도 잘 들리지 않았다.

아니, 잠깐만. 이명이라고? 그래, 이런 효과를 내는 성령 능력은 알고 있었다.

"……소리의………… 성령."

"그래——맞————."

마인이 조소했다.

다시 코트에 양손을 집어넣은 자세로.

"극대의 음파를 네놈에게 쏘아 보냈다. 흙벽으로 막으려고 해봤자 소리의 충격은 벽을 타고 침투한다. 흙의 성령술사는 방어할 수 없는 공격이지."

"…………윽……."

"뭐야. 벌써 끝났나? 내 모든 능력을 100이라고 한다면. 네놈에게 보여준 것은 기껏해야 5~6 정도인데."

"?!"

린은 쓰러진 상태에서도 저절로 온몸이 전율하는 것을 느꼈다.

이렇게까지 차이가 나다니……!

이 남자의 말을 곧이곧대로 믿을 생각은 없었다. 그러나 직접 싸워봤는데도 아직 그 저력을 파악하지 못한 것도 사실이었다.

"……샐……린……."

"시시하군. 이러면 개나 고양이를 괴롭히는 것과 다를 바 없잖은가."

탄식.

초월의 샐린저가 노골적으로 모멸감을 표현했다.

"그러나 낙담할 필요는 없다. 이 나에게 도전한 자는 누구나 필경 그렇게 되니까. 덤벼들 상대를 잘못 골랐다는 것. 그것이 네놈의 패인이다."

"…………."

"그 꼴이 됐는데도 여전히 나를 노려보는구나. 좋다. 그만 사라져라."

굉가(轟歌)의 성령. 과거에 샐린저가 순혈종에게서 빼앗은 성령술이 어마어마한 소리의 해일을 만들어냈다. 그것이 바닥에 쓰러진 소녀를 덮치려고——.

"이번 한 번만이야."

소리의 해일이 정확히 두 동강 났다.

린을 덮치기 직전에.

"……이럴 수가."

초월의 마인이 경악의 감정을 내비쳤다.

보이지 않는 초대형 음파. 피하는 것도 불가능하고, 애초에 그 소리의 충격파가 다가왔다는 사실조차 감지가 불가능할 텐데. 그것을——.

바람같이 나타난 검사가 일도양단해버렸다.

"괜찮아?"

"…………제국 검사…… 네가, 어떻게……?!"

등에 닿는 목소리.

린이 간신히 고개만 들어 그쪽을 봤더니, 그곳에는 한 쌍의 성검을 든 소년이 있었다.

"——이번 한 번만."

전직 사도성 이스카.

갇혀 있어야 할 검사가 그곳에 있었다.
"도와줄게. 저 백발 남자가 앨리스의 적이지?"

Chapter.5
『마인과 전투광』

the War ends the world /
raises the world

1

오레르간 감옥탑――.

제13주 알카트루즈에 존재하는 감옥탑 중에서도 가장 흉악한 범죄자들을 수용하는 감옥. 그곳 부지가 현재 검정과 빨강이 혼란스럽게 섞인 색깔로 뒤덮여 있었다.

뭉게뭉게 솟구치는 흙먼지의「검정」.

제국 소이탄에서 시작된 불이 활활 타오르면서 뿜어내는 불티의「빨강」.

귀를 기울일 필요도 없었다.

불티가 타닥타닥 튀는 소리에 섞여 들려오는 제국 병사의 총성. 이에 대한 성령 부대의 고함 소리도 들려왔다.

"……제국 검사?"

거대한「소리」충격파의 공격을 받고 쓰러진 앨리스의 시종. 그녀는 이 악물고 의식을 유지하면서 힘겹게 입술을 움직였다.

"이 마인이…… 어떤 놈인지 알고…… 그러는 것이냐……! 이 놈은 왕가에도 도전한 녀석이야……."

"상관없어. 이렇게 해야지만 제국에 돌아갈 수 있거든."

"……뭐라고?"

린의 반응만 봐도 금방 알 수 있었다.

손수건에 열쇠를 몰래 넣어둔 것은 앨리스의 독단적 행동이었다. 앨리스는 시종에게도 가르쳐주지 않고 혼자서 고통스런 결단을 내린 것이었다.

"약속해줘."

수갑을 푼 방법은 나와 앨리스, 두 사람만의 비밀이다.

여기서 이스카가 린에게 전해야 할 말은.

"내가 이놈을 쓰러뜨릴게. 그 대신 교환조건이 있어. 나와 내 동료들이 국경을 통과할 때까지는 절대로 방해하지 말아줘. 앨리스가 안 보이는데, 어차피 가까운 곳에 있을 테지?"

소녀는 침묵했다.

"침묵은 긍정. 맞지?"

"아, 아직 난 아무 말도 안 했는데……!"

"넌 반대할 때에는 망설이지 않고 말하는 타입이니까."

"―――이해하기 어렵군."

입을 다물어버린 린 대신에.

짜증 섞인 마인의 목소리가 대기를 진동시켰다.

"네놈은 제국 병사인가? 제국 사람이 왜 그 마녀를 보호하는 건지 이해가 안 가는군. 그리고 왜 나에게 도전하는 것이냐. 대답해라…………… 아니."

귀찮다는 듯이 고개를 흔들더니.

푸른 달빛 아래 초월의 마인 샐린저가 손가락을 딱 튕겼다.

"관두자. 들을 가치조차 없으니———그만 찌그러져라."

공기가 뒤틀렸다.

극도로 팽창된 충격파가 이스카의 등 뒤에서 밀려왔다. 강풍과도 비슷한 그 파동은 거기에 닿은 물체들을 산산조각 내는 것이었다.

그런데——.

"**파동**?"

이스카가 성검을 한 번 휘둘렀고.

그와 동시에 성령술 소리가 정확히 두 동강 나버렸다.

마치 바다가 갈라지는 것처럼. 이스카와 린을 덮치려던 충격파가 둘로 갈라지면서 두 사람의 좌우로 스쳐 지나갔다.

"호오……."

소리를 자르다니.

마인 샐린저는 미동도 하지 않았다. 다만 눈썹을 슬쩍 치켜들었다.

"『굉가』. 이 성령술을 막아낸 자가 과거에도 없진 않았지만, 물리적으로 잘라낸 녀석은 없었는데. 이봐, 검객. 대체 어떻게 한 것이냐."

"내 실력이 아니야. 이 성검의 성능이지."

"……성검?"

꿈틀! 하고 한쪽 눈썹을 움직이는 샐린저.

그러나 마인은 곧 어깨를 으쓱이더니 오만불손한 미소를 지었다.

"모르는 척하지 마라. 난 지금 그 검이 아니라 너 자신에 대해 물어본 거다. 『굉가』는 보이지 않는 파괴 에너지. 검이 문제가 아니다. 그건 네놈의 실력일 텐데?"

인간은「소리」를 보지 못한다.

방금 이스카가 한 것처럼 검으로 소리를 자르는 것은 불가능하다.「소리가 들렸을 때」에는 이미 충격파가 전신을 덮쳤을 테니까.

"소리는 원래 보이지 않지만, 지금은 그렇지 않아."

"────불꽃의 움직임?!"

바닥에 쓰러져 있는 갈색 머리 소녀가 눈을 휘둥그렇게 뜨면서 말했다.

왜 그걸 눈치채지 못했을까. 이곳은 감옥탑 부지. 제국군이 불을 질렀기 때문에 대량의 불티가 날아다니고 있었다.

이스카는 그 불꽃의 움직임을 보고 눈치챈 것이다.

"불꽃이 갑자기 사라졌다. 그렇다면 거기 뭔가 있다는 뜻이겠지."

"……제국 병사…… 네놈은 그런 것까지 신경 쓰고 있었단 말이냐. 도대체 어떻게……."

"나도 처음부터 가능했던 것은 아니야."

이스카의 검술은 재능이 아니었다. 적어도 풍부한 재능과는 상관없었다.

수없이 단련해서 스스로 체득한「노력의 결정체」.

몇 년에 걸쳐 수련하면서 그렇게 단련한 횟수는 100번, 200번 정도가 아니었다. 수련이란 이름의 일상을 철저히 반복하는 것. 바로 그것이 그의 검술을「타의 추종을 불허하는 경지」까지 끌어올려준 것이었다.

"곡예인가, 신기(神技)인가. 우연인가, 실력인가."

푸른 달빛을 받으면서.

초월의 샐린저가 한 손을 들었다. 오른손. 수경의 성문을 하늘로 높이 들고——.

"직접 확인해보는 것도 재미있겠군. 자, 검객이여. 너는 얼마나 더 버틸 수 있을까? 세 번을 버티면 신기라고 인정해주마."

"제국 병사!"

린이 소리를 질렀다.

"방심하지 마라. 저놈의 성문은 소리가 아니다. 저것은 훔친 성령술 중 하나일 뿐이다!"

"!"

"저놈의 성령은 수————읏……!"

공기의 폭발.

쓰러져 있는 린의 눈앞에서 공기 폭탄이 터졌다. 소녀는 뒤로 멀리 날아가 버렸다.

"린?!"

"하녀 주제에 방해하지 마라. 나는 이 검객과 놀고 싶으니까."

소리 충격파가 아니었다.

주위에서 타오르는 불꽃의 움직임은 전혀 흐트러지지 않았다. 공기는 직접 린의 코앞에서 폭발했다.

"윽——!"

이스카는 린에게 뛰어가려고 하다가 즉시 중단하고 옆으로 점프했다. 그 직후, 이스카가 서 있던 공간이 아무런 전조도 없이 폭발했다.

"반응이 빠르군. 방금 그 판단의 근거는 뭐냐?"

"감이다."

"그래, 그렇겠지. 하지만 감만 가지고는 한계가 있다. 끝까지 못 버텨."

"버틴다고? 아니야."

이스카의 도약.

이번에는 샐린저의 얼굴이 굳어질 차례였다.

"이걸로 끝이야."

"……뭐, 뭐냐?!"

잔상이 남을 정도로 신속하게.

이스카는 매캐한 공기를 뚫고 마인과 겨우 2미터밖에 안 떨어진 코앞까지 접근했다. 일족일도 거리(검도 용어. 경기자들의 칼끝이 서로 닿을 듯 말 듯한 거리). 한 발만 더 내디디면 결판을 낼 수 있는 영역에까지 들어갔다.

——선제공격이 제일 중요하다.

순혈종 레벨의 강자와 싸우면서 상대의 모든 성령술을 막아낼 생각은 없다. 기껏해야 두 번이 한계다. 상대가 세 번째 공격을 하기 전에 그놈의 품속으로 파고들어 재빨리 결판을 내야 한다.

"젠장, 너는 검객의 탈을 쓴 짐승이구나!"

샐린저가 소리를 질렀다.

이스카의 칼끝이 마인의 코앞을 스치고 지나갔다. 바람 장벽——옆에서 불어온 돌풍이 이스카의 전진을 방해해서 그 자세를 흐트러지게 만든 것이다.

"하하, 이번에는 다소 놀랐다."

"……예측했던 거냐?"

이스카는 방금 내리쳤던 검을 다시 끌어 올리면서, 펄쩍 뛰어 뒤로 물러나는 백발 사나이를 쏘아봤다.

바람 장벽.

놀라운 것은 그 빠른 발동 속도였다. 이스카의 돌진을 본 다음에 발동시켜봤자 제때 장벽을 만들지는 못한다. 필살의 거리까지 접근한 시점에서 이스카의 승리는 거의 결정된 거나 마찬가지였다.

그런데————.

이 남자는 미리 바람 성령술을 발동시켜 준비해둔 것이었다.

……압도적인 성령술로 상대를 찍어 누르는 캐릭터를 연기하고 있지만.

……실은 이중, 삼중으로 계책을 쓰는 책략가인가.

이 남자는 이스카를 얕보지 않았다.

일개 검사라고 무시하는 척하면서도 실제로는 주의 깊게 계산적으로 행동했다.

"놀라운 신체능력이군. 그러나 천재일우의 기회를 놓쳤구나. 네놈의 칼이 나에게 닿는 일은 두 번 다시 없을 것이다."

"동감이야."

오른손의 검은색 성검을 거꾸로 쥐었다.

숨을 한 번 쉬고, 이스카는 또다시 지면을 박찼다. 풀잎들이 튀어 올랐다.

"똑같은 방식은 안 통하지. 이번에는 장벽까지 통째로 벨 거야."

"넌 짐승답게 바닥이나 기어라."

이스카의 발밑에서 대지가 갈라졌다.

균열이 아닌 함몰. 이스카를 중심으로 반지름이 10미터나 되는 중력장이 강림했다. 그 안에 갇힌 모든 것을 짓눌러버리는 힘.

"하늘을 나는 용조차 떨어뜨리는 중력 결계다. 인간 따위는——."

"베지 못하는 성령술은 없어."

섬광. 이스카의 검이 허공을 가른 순간, 이제 막 닫히려던 중력장이 퍼석 소리를 내면서 파괴됐다.

아무렇게나 벤 것이 아니었다.

이스카의 검은 기계적인 정밀도로 더없이 정확하게 결계의 접합 부위를 베어냈다.

만약 1mm라도 어긋났더라면——.

1초라도 늦었더라면——.

중력 그물에 갇혀서 압사 당했을 것이다.

"중력의 감옥조차 꿰뚫어 보는 것이냐."

민첩하게 뒷걸음질 치는 샐린저.

그런데 후퇴하려는 그의 등이 딱딱한 뭔가에 부딪쳤다. 그 정체는 감옥탑의 벽. 마인은 미처 눈치채지 못했었다.

자신이 이스카의 공세에 밀려 후퇴하는 사이에 저절로 벽 쪽으로 유도되었다는 사실을.

"지폭(地爆)의 성령."

초월의 마인 샐린저.

그가 포효했다.

"——솟구쳐라. 그대의 분노로 대지를 불태워라."

"제국 병사, 도망쳐라!"

땅의 성령술사인 린은 느낄 수 있었다.

이스카의 발아래.

그 지하에서 솟구치는 작열의 에너지. 이 별의 모든 자연현상을 통틀어 최대급의 위력을 자랑하는 에너지가 이제 곧 분출되리란 것을.

"마그마가 나온다!"

분화——.

이스카의 발아래 지면이 시뻘겋게 빛나더니, 그 직후 대량의 흙모래와 불꽃이 터져 나왔다.

뿜어져 나오는 마그마는 이 별의 자연물.

성검으로 베어봤자 아무 소용 없다.

"윽……!"

감옥탑 벽 근처에 서 있던 이스카는 멀리 점프해서 물러났다.

밀려오는 마그마에 닿은 감옥 외벽이 순식간에 녹아버렸고, 잔디가 그 열기로 인해 발화했다. 감옥탑 주위에 불이 번졌다.

"덕분에 살았어."

"상황이 부득이하여 도와준 것뿐이다."

입술에 피가 묻은 린이 거칠게 숨을 내쉬면서도 몸을 일으켰다.

"이대로 몰아붙이자, 제국 병사. 인정하고 싶지 않지만 네놈이 여기 있어서 다행이구나. 저놈의 숨겨진 카드가 몇 개나 더 남아 있는지는 몰라도, 여기서 끝장을 내자."

"흐음? 그게 무슨 농담인가?"

감옥탑 2층 옥상.

일그러진 탑의 좁은 공간에 발 디디고 서 있는 남자가 흰머리를 바람에 휘날리면서 발아래를 내려다봤다. 두 눈을 가늘게 뜨고 냉소적인 시선으로 이쪽을 보았다.

"마치 내가 내 카드를 보여준 것처럼 말하는군."

"……무슨 헛소리냐?"

그 눈을 똑바로 쏘아보는 갈색 머리 소녀.

"네놈은 어차피 절도범에 불과하다. 훔칠 수 있는 성령의 양도 기껏해야 오리지널의 절반밖에 안 되지. 그렇다면 그 위력도 진짜 성령술보다는 못할 터이다."

한마디로 궁극의 기술이 없는 것이다.

시조의『하늘의 지팡이』, 앨리스의『대빙화』, 키싱의『가시 용』——.

일류 성령술사는 반드시 자신만의 비장의 카드를 가지고 있다. 그러나 이 남자에게는 그게 없다. 수경의 성령의 특성상, 오의라고 할 만한 것이 존재할 리 없었다.

"네놈의 카드가 뭔지 여기서 전부 다 밝혀내주마."

"카드. 흠, 그래……."

초월의 샐린저가 숨을 내뱉었다.

"그건 나의 나쁜 습관이지. 설렁설렁 싸울 생각은 없지만, 나도 모르게 카드를 아껴 쓴단 말이야. 30년 전 왕궁에서 싸울 때에도 카드를 제때 내놓지 않은 게 문제였는데."

"……뭐라고?"

"숨겨진 카드가 몇 개나 더 남아 있냐고? 애초에 나는 30년 전부터 한 번도 내 카드를 남에게 보여준 적이 없다. 이봐, 거기 하녀. 그리고 제국 검사."

초월——.

이 마인이 스스로에게 붙인 별명의 유래.

"이건 아주 심오해. 성령의 힘의 진수는 네놈들의 생각보다 훨씬 더 심오하다. 그 심연의 일부분을 조금만 보여줄 테니, 너희는 이제 파멸하도록 해라."

위대한 성령의 빛과 더불어.

이스카는 린과 함께 그것을 보았다.

2

오레르간 감옥탑.

부지 동쪽——제국군이 투척한 소이탄이 잔디밭을 온통 빨갛게 물들여놓았고, 그 불티가 바람에 날려 외부의 빌딩숲을 향해 날아갔다.

"진압 부대는 계속해서 샐린저를 수색! 경비대는 서둘러 부상자를 구조하세요! 이 불은 내가 막겠습니다!"

맹렬히 타오르는 화염 속에서 소리쳤다.

뺨에는 땀방울이 맺혀 있었다. 앨리스는 소리 높여 말했다.

"간수 여러분, 당신들도 전원 샐린저 수색에 협력하세요. 제13주 밖으로 도망치게 놔두면 안 됩니다! 최선을 다해 흔적을 ——."

『소용없다.』

앨리스의 등 뒤.

새빨간 불꽃 속에서 뛰쳐나온 사람 그림자가 황청의 공주님을 향해 주먹을 휘둘렀다.

『그놈은 멈추지 않는다. 그놈을 막을 사람이 존재하지 않으니까.』

"……감히 누구한테 그런 말을 하는 거야?"

지면에서 튀어나온 고드름이 암살자의 주먹을 막아냈다. 빠각!

소리를 내면서 얼음이 삐걱거리더니 곧바로 산산이 부서졌다.
둘 다 다치진 않았다.
이 남자가 나타난 지 몇 분밖에 안 되었는데 벌써 몇 번이나 공방전을 벌였는지 모른다.
『통제를 참 잘하더군. 왕녀라는 지위에만 안주하는 꼬마 계집애라고 생각했는데, 의외로 꽤 우수한 지휘관이야. 네가 없었으면 이 감옥탑은 진작에 무너졌을 텐데.』
"칭찬해줘서 고마워. 영광이야."
『칭찬? 아니, 비꼰 거다.』
"그래, 나도 알아."
고막을 통해 침입해서 심장에 들러붙는 듯한 기괴한 전자 음성. 그 남자의 목소리를 듣고 앨리스는 이를 악물었다.
"사도성 네임리스…… 이곳은 내 나라야. 암살자 주제에 어딜 감히. 당장 나가."
『마녀가 나한테 「암살자 주제에」라고 말하다니. 우습군.』
머리에서 발끝까지 온몸이 진회색 광화학 슈트로 뒤덮인 남자.
체형 불명. 음성도 전자 음성. 저 슈트 밑에는 인간이 아닌 독립 기계 병사가 들어 있다는 소문도 있었다.
——사도성 제8위 네임리스.
볼텍스를 두고 서로 격돌한 지 2주일도 채 지나지 않았는데. 설마 이자가 황청의 영토에 침입할 줄은 몰랐다.
"아까 당신이 불쑥 나타났을 때에는 깜짝 놀랐어. 어떻게 국경을 넘었는지 물어봐도 될까?"

『그야 물론, 무력으로 강행 돌파 했지.』

"거짓말. 그랬으면 나도 그런 보고를 받았을 거야."

시치미 떼는 제국의 암살자.

이자의 부하가 몇 명이나 숨어 들어왔는지는 몰라도, 틀림없이 계획적인 침입일 것이다.

"이건 당신이 꾸민 짓이야? 감옥을 공격해서 샐린저를 해방시킨 것도?"

『지금 그게 중요한가? 눈앞에 있는 현실만이 중요하다. 감옥탑은 불타버리고, 초월의 샐린저는 다시 왕궁을 습격할 것이다. 단지 그뿐이야.』

"내가 막을 거야."

『이렇게 쩔쩔매고 있으면서?』

공기가 얼어붙었다. 수십 개나 되는 얼음 창이 생성되어 사도성을 공격──하기 직전에, 제국의 암살자는 화염 속으로 사라져 버렸다.

……또 숨었어.

……다음에는 어디서 튀어나오려고?!

흙먼지. 일렁이는 불꽃. 이리저리 흩날리는 불티.

네임리스라는 남자가 몸을 숨기기에는 최적의 환경이 완벽하게 구축되어 있었다. 그래서 앨리스가 네임리스를 확실하게 공격할 방법은 하나밖에 없었다. 이 근방을 통째로 얼려버리는 전방

위, 광범위 무차별 공격.

그러나 현재 상황에선 그럴 수가 없었다.

『황청에서 싸우면 우세할 거라고 생각했나?』

맹렬한 불길에 섞여 들리는 음성.

『너의 부하. 동포. 국민. 자, 이제 너의 기술을 보여줘 봐라.』

"그 입 다물어라!"

여기서 진정한 힘을 발휘하면 동포들도 말려들게 된다.

앨리스는 그걸 알았다. 그리고 이 남자는 누구보다도 그 사실을 잘 알고 있었다.

"사도성 네임리스. 당신이야말로 예전에 비해 왜 이렇게 소심해졌어? 진심으로 덤벼 봐!"

『진심? 좋다. 샐린저가 이 부지에서 빠져나간 다음에 마음껏 보여주마.』

"……!"

정말 불쾌했다.

그러나 그건 적확한 작전일 것이다.

……린. 너만 믿을게.

……너밖에 없어. 내가 제국군의 주의를 끄는 사이에 그 마인을 해치워줘!

마인 샐린저의 발견과 추적. 그것이 몹시 위험하다는 것은 앨리스도 잘 알고 있었다. 당연히 이런 역할을 가장 사랑하는 시종에게 맡기고 싶진 않았다.

……최소한 한 명이라도 더.

……**그**가 여기 있었으면…… 아니, 안 돼. 그런 것은 바라면 안 돼.

나 좋을 대로 헛된 기대를 품으면 안 돼.

실제로 앨리스는 제국 검사에게 그런 기대를 품기는 했다. 마인을 구속하는 데 협력해줘, 그 대신 너를 국외로 무사히 내보내줄게. 그런 생각을 했었다.

하지만 말하지 못했다.

그것은 너무 이기적인 부탁이었다. 게다가 불순했다. 자신의 라이벌——이스카에게 품은 감정이 훼손될 것 같았다. 그것은 정말로 싫었다.

"네임리스!"

앨리스는 입술을 깨물고 타오르는 불길을 둘러봤다.

"당장 나와. 안 그러면 나는 당신을 무시하고——."

솟아오르는 불기둥.

앨리스의 주위에서 타오르는 불이 아니었다.

오레르간 감옥탑 앞에서 마치 화산이 터진 것처럼 튀어나온 마그마 불기둥이 밤하늘을 빨갛게 물들였다.

작열의 빛을 받아 드러난——

감옥탑 2층 옥상에서 코트를 휘날리고 있는 백발 남자.

"……샐린저?!"

그리고.

그 남자에게 도전하는 검은 머리 제국 검사의 모습도 눈에 띄었다.

3

수경의 성령——.

타인의 성령을 훔치는 성령. 극히 위험한 성령으로서 기피되는 존재.

샐린저의 오른손에 깃든 성문을 다른 성문과 맞대면, 그 성문을 최대 50퍼센트까지 복사할 수 있다.

그것이 바로——.

"착각. 그것도 크나큰 착각이다. 남의 것을 훔친다고? 흥! 그건 성령이 무엇인지 이해하지 못한 자들의 표현일 뿐이다."

오레르간 감옥탑 2층.

그 외벽에서 지상을 내려다보면서. 백발 미장부가 소리 높여 선언했다.

"수경은 『**성령을 둘로 분열시키는**』 성령이다."

"……그게 무슨 헛소리냐!"

지상에서 린이 맞고함을 쳤다.

"시시한 말장난은 치지 마라. 네놈에게 성령을 빼앗긴 성령술사의 능력이 반감되는 것은 분명한 사실. 그러니 네놈은 절도범과 마찬가지 아니냐!"

"새겨들어라. **절반이기 때문에 가능한 일도 있다는 것이다.**"

마인의 양손에 두 가지 색깔의 빛이 생겨났다.

오른손에는 붉은 성령광. 왼손에는 푸른 성령광.

"『양기(揚棄, 철학 용어. 변증법의 개념. 어떤 것을 그 자체로서는 부정하여 오히려 더 높은 단계에서 긍정하는 것)』. 『폐기하여 드높여라』."

"……! 마, 맙소사?!"

린은 할 말을 잃었다. 마인의 양손에 생겨난 두 가지 색깔의 성령광. 그것은 이 남자가 『동시』에 두 가지 성령을 제어한다는 증거였기 때문이다.

위대한 시조 네뷸리스조차 동시에 두 가지 성령술을 사용한 적은 없었다.

"불과 물. 흙과 바람. 음(陰)과 양(陽)——."

주문을 외우듯이.

마인이 읊조린 대사가 세찬 바람을 타고 울려 퍼졌다.

"대립하는 두 가지 개념을 보다 높은 차원으로 끌어올려 통합한다. 각각의 성령으로는 결코 도달할 수 없는 『양기』의 경지. 그것을 직접 확인해봐라."

50퍼센트인 성령들끼리 합침으로써 부족한 부분을 하나로 통합할 수 있다.

그것이야말로 수경의 성령의 진수였다.

"이것이 별의 의지다."

불과 물의 상투스(성변화(聖變化)가 임박했음을 알리는 기도문)
『인간의 시초에 불이 있었다. 얼어붙은 대하(大河) 옆에서 즐거워하라.』

거대한 얼음덩어리. 타오르는 업화.

둘 다 이스카가 본 적이 있는 성령술이었다.

그런데.

지금 하늘에서 내려오는『불』은 새파랗게 얼어붙어 있었다.

──얼어붙은 불.

타오르면서도 얼었다. 이것이 어떤 원리를 바탕으로 생성됐는지 이해할 수 없었다. 이스카의 두뇌가 한순간 동작을 멈췄다.

인간의 지성을 뛰어넘는 이 현상을 과연 검으로 벨 수 있을까?

……이것의 위력이 어떤지는 몰라도.

……지상에 낙하한다면 대참사가 일어날 것이다. 그건 확실했다.

"린, 멀리 떨어져!"

감시탑 벽을 박차고 하늘로 뛰어올랐다. 지그재그로 벽을 밟고 뛰어서 감옥탑 2층보다 더 높은 곳까지 올라가, 불과 얼음의 상투스와 정면으로 대치했다.

얼어붙은 불. 이스카는 그것을 향해 힘차게 검을 휘둘렀다.

"하앗!"

불덩어리를 감싼 얼음 외벽이 파열됐다.

그리고 불씨가 번쩍거렸다. 그 직후, 얼음 내부에 갇혀 있던 불씨가 얼음이라는 겉껍질을 잃어버리자마자 급격히 부풀어 올랐다.

마치 태양처럼——.

"……! 얼음이라는 관으로 불을 봉인했던 건가……!"

"균형을 파괴했구나."

상반된 성령을 동시에 제어하는 초월자의 승리 선언.

"그것이 네놈의 실수다. 그만 사라져라."

불과 얼음의 균형. 이스카의 검이 얼음을 파괴하는 바람에 균형이 무너졌다. 그래서 살아남은 불의 힘이 폭발적으로 강해졌다.

"이스카———?!"

린의 절규. 소녀는 그 검사가 폭발에 휩쓸려 사라지는 장면을 그저 밑에서 지켜볼 수밖에 없었다.

너무나 거대한 불꽃.

새빨간 불덩어리가 터지면서 수천, 수만이나 되는 불티가 되어 밤하늘에 흩어졌다.

"………샐린저. 이것이…… 네놈이 성령을 수집해온 목적이냐!"

"목적이 아니다. **부산물**이지."

"?!"

"이것이 현시점에서의 오의. 그러나 내가 꿈꾸는 지평은 여기가 아니다."

쏟아지는 불티 속에서 그 남자의 목소리만 울려 퍼졌다.

"내가 가진 수경의 성령의 본질. 두 가지 성령들을 조합하여 더 높은 차원으로 끌어올리는 것. 그러나 이것은 아직 제2차 통합 단계에 불과하다."

"……아직도 덜 훔쳤단 말이냐. 도대체 성령을 몇 개나 빼앗으려고?!"

"너는 뭘 모르는구나."

마인이 업신여기듯이 말했다.

"아무리 성령과 성령을 통합시켜봤자 어차피 성령술사의 영역에서 벗어나진 못한다. 내가 목표로 하는 지평은 그보다 더 먼 곳이다. 다시 말해——."

제3차 통합『인간과 성령의 통합』.

"……그게…… 무슨 말이냐?"

린은 갈라진 목소리로 간신히 그렇게만 대꾸했다. 화상을 입은 목구멍은 바싹 메말라서 소리만 내도 몹시 아팠다.

"인간과 성령의 통합……이라고?"

"시조 네뷸리스."

"……시조님이 그런 사례라는 거냐?!"

"이 별에서 자기 힘으로 거기까지 도달한 사람은 겨우 두 명. 둘 다 명실상부한 괴물이다. 그러나 나도 반드시 도달할 것이다. 그놈들을 멋지게 따라잡아 주마."

린은 이해했다.

어째서 이 남자가 『초월』을 자칭하는지.

지나친 자만이나 얄팍한 발상이 아니었다. 성령술사라는 차원을 넘어선다. 감히 그러겠다고 공언할 정도로 이 남자는 독보적인 실력과 이념을 가지고 있었다.

"……샐린저. 역시 네놈을 이 감옥탑에서 나가게 놔둘 수는 없다."

린은 등 뒤에서 단검을 꺼냈다.

이 남자는 위험하다. 네뷸리스 왕가를 위협하고, 황청 그 자체를 붕괴시킬 가능성도 있다. 평화를 바라는 황청 국민으로서 그를 가만히 놔둘 수 없었다.

"전의가 사라지지 않나 보군. 방금 그 검사의 최후를 봤을 텐데."

"최후? 최후라고?"

소녀 마녀는 갈색 머리카락을 휘날리며 웃었다.

"흥! 이제야 겨우. 이번에야말로 내가 네놈을 비웃어줄 때가 왔구나."

"……?"

"너는 이스카가 어떤 녀석인지 몰라."

린은 입가에 묻어 나오는 피를 손등으로 닦았다.

의아하다는 듯이 얼굴을 찌푸리는 마인에게 단검을 겨눴다.

"그 제국 검사는 나의 주인이신 앨리스리제 님께서 인정하신 유일한 라이벌이다. 게다가 그는――네놈이 괴물이라고 부르는 시조님을 물리친 남자다."

“허어?”

샐린저의 미간에 주름이 잡혔다.

그는 중립도시 에인에서 벌어진 사투를 모른다. 그러니까 린의 말이 황당무계한 이야기처럼 들렸을 것이다.

“시조를 물리쳤다고? 무슨 말을 하나 했더니. 그냥 헛소리였군.”

“이스카는 겨우 그런 일로 쓰러지지 않는다. 그러니까 나는 네 놈의 연설을 들어주면서 시간만 벌면 되는 거지.”

“……됐다. 네 얼굴도 이제는 지겹다. 사라져라.”

불과 물의 상투스.

마인 샐린저의 오의가 발동되려는 순간.

“이봐, 마인. 어디 보는 거냐.”

오레르간 감옥탑을 휘감은 불기둥.

그중 일부분이 펑 터지더니, 반짝이는 불티를 흩날리며 한 검사가 뛰쳐나왔다.

“뭣?!”

샐린저가 당황한 소리를 냈다.

비장의 카드는 틀림없이 효과를 발휘했다. 얼음을 파괴하자마자 부풀어 오른 화염이 검사를 삼켜버리고서 최대 화력으로 폭발했다. 그것은 이 별의 비경(秘境)에 살고 있는 용조차도 쓰러뜨릴 만한 위력이었다.

그렇기 때문에.

초월을 자처하는 마인은 처음으로 등골이 서늘해지는 것을 느꼈다.

"이봐, 검객…… 도대체 무슨 짓을 한 거냐!"

오레르간 감옥탑 2층에서 4층으로.

바람의 성령의 힘을 빌린 샐린저가 한걸음에 저 높은 상공으로 날아올랐다. 그러자 이스카도 곧바로 2층 옥상에서 3층으로 올라갔다.

"그건 내 진수 중 하나였어. 평범한 인간이라면 절대로 버텨내지 못할 텐데!"

"——이 성검은 두 개가 한 세트야."

마인이 감옥탑 최상층으로 향했다.

이스카는 3층 옥상을 뛰어넘으면서 말했다.

"흑강의 성검이 모든 성령술을 베어버리고, 백강의 성검은 마지막으로 벤 성령술을 딱 한 번만 재현한다."

"……! 설마?!"

"내가 벤 것은 얼음 외벽. 화염을 봉인했던 얼음이지. 그래서 그 얼음을 재현했다."

이스카의 온몸에 생긴 상처는 화상이 아닌 동상이었다.

그것이 의미하는 바는.

"재현시킨 얼음으로 너 자신의 온몸을 감쌌던 거냐?!"

얼음 갑옷.

그것으로 『불과 물의 상투스』의 열파 앞에서 자기 몸을 지킨 것이다. 성령의 얼음을 몸에 두르다니, 목숨 아까운 줄 모르는 그 무모한 발상에 샐린저는 경악했다.

"말도 안 돼. 그러면 온몸이 꽁꽁 얼어버릴 텐데! 화염은 막아내더라도 너 자신이 얼음 동상이 될 게 아니냐. 숨도 못 쉬고 질식할 것이 뻔한데!"

"맞아. **그래서 녹이는 데 시간이 좀 걸렸어.**"

"…………!"

이번에야말로 할 말을 잃었다.

이스카가 무슨 짓을 했는지. 열파를 막기 위해 일단 얼음덩이가 되었는데도 어떻게 자력으로 소생했는지. 초월의 샐린저는 알아챘다.

——감옥탑을 태우는 업화.

2층 옥상에 닿을 정도로 활활 타오르는 이 불길은 제국의 소이탄에 의해 발생한 것이었다. 그래서 시간이 흘러도 사라지지 않는다.

"이 불 속에 뛰어든 거냐?!"

성령술의 화염을 막아내기 위해서 성령의 얼음을 둘러 얼음덩어리가 되고.

곧바로 그 얼음을 녹이기 위해서 제국군이 지른 불 속에 몸을 던진 것이었다.

제때 소생하지 못하면 얼어 죽고.

제때 얼음을 녹여도, 불 속에서 제때 탈출하지 못하면 타죽을 게 뻔했다.

"미친놈이구나. 그런 얼토당토않은 수법을 즉석에서 떠올리고 망설임 없이 실행한 거냐!"

"망설일 이유가 없지."

"——크으으으으으으으으윽!"

마인이 비틀거렸다.

지금 이 순간 자신에게 접근하고 있는 저 검사의 이해 불가능한 중압감.

이렇게까지 이상한 적은 그동안 본 적이 없었다.

30년 전 왕궁에서의 전투. 여왕 네뷸리스 7세와 대치할 때에도 느껴보지 못했던 미증유의 공포. 그것을 이런 검사한테 느끼다니.

"나의 비기를…… 그런 황당무계한 수단으로 격파했단 말이냐?!"

"그래. 나도 오기가 있거든."

네뷸리스의 공주가 제시한 교환조건.

손수건에 숨겨진 수갑 열쇠를 받은 순간부터 그는 앨리스와 약속한 것이었다.

……앨리스의 기대를.

……저버릴 수는 없잖아?

흑강의 후계자 이스카는——.

빙화의 마녀 앨리스와 결판을 내기 전에 이런 곳에서 죽을 수는 없다.

"오기라고? 그게 황당무계하다는 거다!"

격앙과 공포.

이스카에 대한 마인의 포효에서 느껴지는 두 가지 감정.

"끔찍한 전투광 같으니. 하지만 그런 수단을 두 번 다시 쓸 수 있을 거라고는 생각지 마라!"

똑같은 수단으로 생환하는 것을 완벽하게 막는 방법.

불같은 격정에 휩싸이면서도 사고는 얼음같이 냉정하게.

샐린저라는 남자의 능력은 비단 성령만이 아니었다. 이렇게 대담함과 신중함이라는 상반된 기질을 가진 양면성이야말로 그의 진가였다.

"시조의 혈통에게 쓰는 비기다. 네놈한테 이 비기를 쓰다니. 영광인 줄 알아라!"

——바람과 번개의 상투스.

샐린저가 들어 올린 오른손에서 성령광이 생겨나더니, 이 한밤중에 소용돌이치는 구름 속으로 빨려 들어갔다.

"대기와 번개. 미친 듯이 춤을 춰라!"

뒤틀리는 대기.

감옥탑을 집어삼키는 모래폭풍이 주위의 모든 것을 날려버리기 시작했다.

탑 외벽이 벗겨져 낙하하여 주위의 불까지 꺼뜨리면서 순식간에 이스카와 린을 덮쳤다.

"모래폭풍?!"

바람이 위험한 게 아니었다.

이 폭풍의 본질은 바람에 의해 휘날리는 무수한 자갈들이었다. 새끼손가락만 한 작은 돌멩이조차도 이렇게 빠른 바람을 타고 날아간다면 총알만큼 위력적일 것이다.

바람의 기관총.

그러나 그 돌멩이들은 이스카를 꿰뚫지 못했다.

"……흙이여, 모여라!"

대지가 쑥 올라왔다. 대량의 흙모래가 솟구치면서 즉시 인간으로 변해 골렘이 되었다. 그 거인이 자갈 탄환에 맞서서 이스카를 보호하는 방패가 되어줬다.

"린?!"

"……나한테 신경 쓰지 말고. 저놈을 쓰러뜨려라!"

린의 손안에는 작은 흙 방패밖에 없었다.

성령술의 한계. 아까 공격당해서 아직 회복되지 못한 마녀의 능력으로는, 이스카를 지켜줄 골렘 한 마리를 생성하는 것이 고작이었다.

"골렘도 오래 버티진 못해. ……빨리 해라!"

"이봐, 하녀! 네놈의 무대는 이미 끝났다. 거슬리는구나!"

폭풍의 중심에서 울리는 천둥.

소용돌이치는 구름이 갈라지면서 이 대지를 향해 일직선으로 벼락이 내렸다. 목표물은 지쳐서 무릎 꿇은 갈색 머리 소녀였다.

번개가 린을 공격한다. 그 순간——.

번개가 얼어붙었다.

대기를 얼리고.
폭풍을 멈추고.
번개조차 동결시키는 궁극의 냉기. 그것이 린을 공격하는 모든 것을 얼려버렸다.
"나의 린에게 무슨 짓을 하는 거지?"
얼음.
단 하나의 성령술만 완벽하게 갈고닦아서 그 진수를 파악한 성령술사. 얼음 숨결을 두른 소녀가 의연하고도 아름답게 린을 향해 걸어왔다.
"……앨리스 님!"
"린, 수고했어. 용케 잘 버텼어."
앨리스는 저 위에 있는 마인에게는 눈길도 주지 않고 린을 끌어안았다.
빈틈투성이. 그러나 네뷸리스 황청의 왕녀는 확신을 가지고 이렇게 무방비하게 행동하는 것이었다. 이미 결판이 났을 거라고 확신한 것이다.
"이스카——."
금발 소녀는 린을 끌어안은 채 그의 이름을 읊조렸다.

"역시 너는 응해줬구나."

미친 듯이 회오리치는 모래폭풍의 중심으로.

탑 꼭대기에 서 있는 마인에게 시선을 고정한 채, 이스카는 4층 벽을 박찼다.

높이.

높이, 더 높이. 제13주의 빌딩숲과도 비슷한 높이로.

"결판을 내자. 마인."

"이 자식, 함부로 짖지 마라! 검객 주제에 내가 있는 곳까지 올라오려고 하다니. 꿈이 너무 크구나. 그딴 것은 인정하지 못한다!"

마인의 양손에서 생겨난 빛.

그것이 손바닥에서 응축되어 한 쌍의 검으로 구체화되었다.

——빛과 어둠의 상투스 『오, 왕이시여, 그대의 무진한 광명은 심연조차 복종시키는가』.

빛과 그림자.

극채색으로 빛나는 검과, 모든 빛을 흡수하는 까만 검. 그것이 어떤 힘을 지니고 있는지는 상상도 할 수 없었다. 상상해봤자 무의미할 것이다.

그러나.

"샐린저. 너의 패배다."

검에 아무리 무시무시한 힘이 깃들어 있다 해도. 그것을 휘두르는 사람은 마인이다.

성령술의 궁극을 추구하는 자이지, 검사가 아니다.
고로.

이스카의 성검이 마인의 쌍검을 날려버렸다.

검의 일격 앞에 쓰러지는 마인.
오레르간 감옥탑 꼭대기에서. 왕을 뛰어넘으려 했던 죄인은 팔을 베이면서——.
"……하. 하. 하하하하하!"
환희의 포효를 했다.
"샐린저……?"
"유쾌하구나. 성령술사의 극치를 추구하는 내 삶의 여로에서, 별의 시련이 이토록 성가신 적을 준비해주셨을 줄이야. 이게 바로 나의 시련인가!"
탑 5층에서 떨어지는 샐린저. 머리부터 거꾸로 지상을 향해 떨어지면서도 그의 표정은 고양감으로 가득 차 있었다.
"기억해라. 그 누구도 나를 가두는 것은 불가능하다!"
저주와도 같은 선언을 하면서——.
초월자는 감옥탑 부지에 머리부터 거꾸로 떨어졌다.

4

제13주의 밤이 끝나간다.

도시를 덮었던 밤의 어둠이 물러간 후.

오레르간 감옥탑은 불타버린 폐허가 되어 모습을 드러냈다.

심하게 타버린 토양. 소이탄과 성령의 불길로 태워진 땅은 크게 상처 입어 지금도 조금씩 검은 연기를 피워 올리고 있었다.

"앨리스 님. 죄수 확인이 끝났습니다. 도망친 자는 없는 것 같습니다."

"그래. 다행이네."

감옥탑 부지를 천천히 한 번 살펴봤다.

약간 녹아버린 탑의 외벽을 힐끗 본 뒤. 앨리스는 옆에 있는 시종에게 고개를 돌렸다.

"린, 다친 데는 어때?"

"괜찮습니다."

"어머나? 그럼 여기 이 찰과상도 안 아파?"

"아얏?! 앨리스 님, 뭐 하시는 거예요?!"

"네가 안 아픈 척하니까 그러지."

반쯤은 걱정하고. 또 반쯤은 장난치는 심정으로. 앨리스는 웃음을 터뜨렸다.

"우리 사이에 왜 그래. 솔직하게 말해봐."

"아프지 않습니다."

"…………."

"농담입니다! 농담이에요. 실은 좀 아파요! 그러니까 자꾸 웃으면서 상처를 만지려고 하지 마세요!"

붕대를 감은 소녀가 당황하여 뒷걸음질 쳤다.

"아, 아무튼, 앨리스 님. 그 마인은……."

"어디에 가둘지 생각해볼게. 다음에는 더 튼튼한 곳에 가둬야지."

"아뇨. 그게 아니라──."

린은 헛기침을 한 번 하더니 말을 이었다.

"방금 전에 황청에서 연락이 왔습니다. 마인 샐린저의 탈옥은 극히 위험한 사건이었는데 잘 막아냈다고, 여왕님께서도 칭찬하셨습니다."

"그래. 어마마마도 안심하셨을 거야."

초월자.

앨리스와 직접 싸우지는 않았지만, 린의 부상을 보고 이야기를 들어보니까 여왕님이 안도의 한숨을 내쉬는 것도 이해가 갔다.

……그런데 그 남자를 물리친 장본인이 나나 린이 아니라.

……제국 검사라는 사실을 말씀드리면, 어마마마께선 어떤 표정을 지으실까.

그는 이미 이곳에 없다.

지금쯤 국경 근처에 도착했을 것이다.

"약속은 지켰어. 이제 됐지?"

미명. 이곳에서 헤어질 때 그는 그렇게 말했다.

약속——.

수갑을 푸는 대신, 샐린저를 붙잡는 일에 협력하는 것.

그런데 앨리스는 그 소망을 전혀 입 밖에 내지 않았다. 말할까 말까 망설이다가 결국 끝까지 말하지 못했었다.

그러나 그는 눈치채줬다.

……이스카는 수갑을 푼 시점에서 당장 도망칠 수도 있었다.

……그런데도 이곳에 와줬다.

나 대신 싸우고, 린을 구해줬다. 떠올리기만 해도 이상하게 입가에 미소가 떠오를 것 같았다. 제자리에서 폴짝폴짝 뛰고 싶어졌다.

아, 안 돼. 바람직하지 않아.

뭐가 바람직하지 않은지는 앨리스 본인도 모르지만, 이러면 안 될 것 같았다.

"————아니. 그래도, 그건 아니야!"

"네?"

"하마터면 그에게 감사 인사를 할 뻔했지만, 그건 아니야. 애초에 이건 교환조건이었으니까! 이스카는 당연히 그렇게 해야 했어. 그런 식으로 생각하자!"

나의 직감은 틀리지 않았다.

그가 바로 나의 숙적이다.

그러니까 황청의 누구에게도 가르쳐주지 않을 것이다. 제국 검사 이스카는 오직 나만의 라이벌이다.

……그래, 맞아.

……이 정도는 이스카에게는 당연한 일이야. 그러니까 감사 인사는 하지 않을 거야.

이 앨리스리제 공주님이 모든 정열과 투지를 쏟아붓고 있는 숙적인걸.

이쯤이야 해내는 게 당연하지.

"잘 들어, 린. 우리가 그에게 감사해야 할 이유는 하나도 없어."

"네, 네!"

"지금 우리가 해야 할 일은 황청으로 귀환하는 거야. 자, 돌아가자. 어마마마께 보고해야 할 사항이 많으니까."

보고할 때에는——.

물론 그의 존재는 비밀로 해야지.

앨리스는 속으로 그렇게 다짐하면서 시종을 데리고 걸음을 뗐다.

Intermission
『초월자들』

the War ends the world /
raises the world

1

제도 융메룽겐——.

제3지구 중앙 기지에 수송기 한 대가 착륙했다.

평소 같았으면 수십 명이나 되는 공군들이 경례하면서 맞이했을 테지만, 이 기체에는 아무도 가까이 다가가지 않았다. 그게 관례였으므로.

『————.』

수송기 문이 열렸다. 가설 계단을 타고 내려온 사람은 단 한 명이었다. 광화학 슈트로 온몸을 감싼 사도성 네임리스.

네뷸리스 황청 국경 근처에 숨겨놓은 수송기를 타고 이제 막 제도에 귀환한 것이었다.

그는 말없이 계단을 내려왔다.

『생각보다 더 고생했나 보군.』

바로 옆에서.

가설 계단을 다 내려온 네임리스에게 누군가가 말을 걸었다. 허공에서 들려온 남자 음성.

천천히 흔들리는 허공. 사람 그림자. 흔들리는 허공의 틈새를 비집고 **사도성 네임리스가 나타났다**.

『거참 기묘한데. 황청 국내에 침입할 때 변장할 거라는 이야기는 들었지만.』

『…………..』

『그건 나에 대한 도발인가? **리샤**.』

마주 선 두 명의 네임리스.

둘 다 머리끝에서 발끝까지 진회색 광화학 슈트를 입고 있었지만, 마주 본 두 사람의 차이는 확연했다.

수송기 가설 계단을 걸어 내려온 네임리스가 좀 더 작고 날씬했다.

"―――――, 후유……!"

작은 네임리스가 두부의 잠금 장치를 풀었다.

머리 윗부분의 슈트를 벗은 네임리스의 맨얼굴이 드러났다. 안경 쓴 여성이었다.

"아~ 진짜. 덥네. 쪄 죽는 줄 알았어. 완전 기밀형 금속 섬유 슈트라니, 앞으로 두 번 다시 안 입을 거야."

여자 사도성은 이마에서 굵은 땀방울을 흘리면서 심호흡을 했다.

"이거 안 되겠어. 광학 위장에다가 강화 외골격을 합쳐놓은 실험용 슈트. 일단 사용하는 데에는 성공했는데, 전투는 몇 분 정도가 한계야. 내가 너무 지쳐서 도망칠 수밖에 없었어."

"상대는 누구였는데?"

"빙화의 마녀."

엊그제 심야――.

오레르간 감옥탑에서 빙화의 마녀와 싸운 사람은 바로 네임리스로 변장한 리샤였다.

초월의 샐린저를 감옥탑 밖으로 내보내기 위해서.

그리고 또 하나. 광학 무기의 실험 데이터를 수집하기 위해서는 순혈종과 싸우는 것이 가장 좋았다.

"아무튼 이건 안 돼, 못 써먹겠어. 아무리 근력을 보충해도 인간의 몸은 이 슈트 내의 압력과 온도를 견뎌내지 못해. 싸우다가 내가 스스로 자멸할 뻔했어."

『헛수고를 했군. 내가 말했을 텐데.』

인공적 초인을 양산한다.

사도성 네임리스나 이스카 같은 뛰어난 병사를 육성하는 것보다도, 일반 병사에게 이 슈트를 입혀서 초인으로 만드는 것이 훨씬 더 효율적――.

그런 의미에서 리샤가 직접 이 실험 슈트를 사용해본 것이었다.

"앞으로 10년은 더 개선해야 할 거야."

『글쎄, 과연 그럴까.』

리샤가 무심코 탄식을 하자, 네임리스가 코웃음을 치며 일축했다.

『리샤 인 엠파이어. 애초에 **네놈에게는 그런 장난감은 필요 없**

을 텐데?』

"뭐~? 그게 무슨 뜻이야?"

얇은 렌즈 너머로 암살자를 응시하는 천제의 참모.

제5위와 제8위. 서로의 눈빛 속에 숨겨진 생각을 알아내려고 하는 응수 행위. 마치 그런 느낌이 드는 불온한 정적이 흐른 뒤.

"뭐, 가끔은 이런 잔꾀도 부리는 거지."

리샤가 먼저 한숨을 내쉬었다.

"그런데 그쪽은 어때? 상황을 보고하려고 일부러 온 거잖아?"

『황청 침입에 성공했다.』

"그건 알아. 그다음."

『특무 부대 두 개가 중앙주 침입에 성공했다. 그러나 왕궁 경비는 역시 삼엄해. 침공하는 데에는 시간이 좀 걸릴 것이다.』

"어머, 그래도 잘됐네?"

윤기 나는 입술에 떠오른 섹시한 미소.

"이제 팔대사도도 사흘 정도는 기분이 좋을 테지?"

『네놈이 천제 폐하께 보고를 할 거냐?』

"음~ 글쎄."

안경 코걸이를 밀어 올리면서.

사도성 리샤는 평소답지 않게 천진난만한 말투로 말했다.

"다음에 할까? 폐하는 지금 오랜만에 외출하셔서 즐기고 계시거든. 방해하긴 좀 그래."

2

네뷸리스 황청——.

제13주 알카트루즈 교외. 회색 빌딩숲으로 가득 찬 도심에서 멀리 떨어진 자연 공원. 아직 해가 뜨지 않은 새벽녘의 숲에서는 작은 새들이 지저귀고 있었다.

그리운 곳이다.

약 30년하고도 몇 년 전. 샐린저가 네뷸리스 왕궁을 습격한 것보다도 더 오래 전에. 이곳은 평화로운 초록빛 평지였다.

"이런 고요함도 오랜만에 느껴보는군."

오레르간 감옥탑 지하실. 그 탁하고 곰팡내 나는 공기. 아무리 비싼 향수를 뿌려도, 코를 찌르는 그 독특한 냄새는 완전히 없앨 수 없었다.

그에 비해 이곳은 어떤가.

신선한 들판의 내음. 흙냄새. 꽃향기. 숨을 쉬기만 해도 폐가 깨끗해진다.

그러나——.

현재 샐린저는 숲에 오래 머무를 수 없는 처지였다.

"이제 겨우 하루밖에 안 남았나. 감옥탑에 두고 온 **분신**이 사라지려면."

그러면 간수들도 눈치챌 것이다.

지하 감옥에 집어넣은 남자는 가짜. 성령술로 만들어낸 분신이란 사실을.

"기억해라. 그 누구도 나를 가두는 것은 불가능하다!"

오레르간 감옥탑에서 떨어지는 순간, 그는 분신을 떨어뜨리고 스스로는 탈출했다. 그곳에 있는 자들의 눈을 속이고.

"그나저나——."

이른 아침 나뭇잎 사이로 새어드는 빛을 받으면서.

초월의 샐린저는 수려한 미목으로 숲 속을 바라봤다. 입가에는 저절로 새어나오는 미소가 걸려 있었고. 어깨가 부들부들 떨렸다.

"좋아. 아주 좋아."

감옥에 갇힌 지 30년.

그사이에 이 세계는 다소 재미있게 변한 것 같았다.

"그 앨리스라는 계집애. 설마 밀라베어의 차녀일 줄이야…… 흥. 밀라베어. 네놈은 성령술사로서는 참으로 보잘것없는 여자였지만, 여왕으로서 최소한의 자질은 갖췄나 보구나. 개천에서 용이 나다니!"

앨리스리제 루 네뷸리스 9세.

지금까지 수많은 얼음 성령술을 보아 왔지만, 번개까지 얼리는 냉기는 전례가 없는 것이었다. 네뷸리스 황청 역사상 독보적인 존재일 것이다.

또 독보적이라고 하면, 그 검객——.

제국 병사 이스카.

어째서 그 남자가 황청에, 그것도 그런 예술적인 타이밍에 감옥탑에 있었는지는 모르겠다. 하지만, 그건 중요치 않았다.

"고맙구나. 별의 의사(意思)들이여……!"

마인이 참지 못하고 흘리는 웃음이 이윽고 큰 포효가 되어 울려 퍼졌다.

"여흥은 많으면 많을수록 좋지."

서두르지 말자.

그저 기다리기만 하면 된다. 별의 운명의 변덕이 정해준 그날이 오면, 그 재미있는 여흥의 존재들과 다시 만나게 될 것이다.

그때——.

샐린저는 아직 세 가지 『상투스』를 비장의 카드로 남겨두고 있었다. 전부 다 사용하면 감옥탑의 승자와 패자가 바뀌었을지도 모른다.

그러나 샐린저는 「카드를 아꼈다」.

현시점에서 모든 카드를 다 보여줄 수는 없었다. 그랬다간 언젠가 싸우게 될 네뷸리스 왕가에도 자신의 카드가 다 알려질 테니까.

현재의 여왕이 두려운 것이 아니었다.

그 외에 시조의 힘을 이어받은 진짜 괴물들이 존재하기 때문이었다.

"이 세계에도 질렸었는데. 이제 보니, 나름대로 즐길 수 있겠군."

코트를 펄럭이면서 힘찬 걸음으로 숲 속을 향해 걸어갔다.

자연 공원 가장자리는 제12주와 연결되어 있었다. 이 제13주를 빠져나가면 추격자들도 일단 포기할 것이다.

그런데.

"흐음?"

기묘한 정적.

새들의 노랫소리가 한꺼번에 사라져버렸다. 샐린저는 가볍게 웃었다.

숲 속에 부는 바람의 정체. 그것이 공기의 흐름인 동시에, 성령의 힘을 약간 품고 있다는 사실을 순식간에 파악한 것이다.

바람의 성령술이 아니다.

강한 성령 에너지가 파동으로서 구현된 것이다. 어마어마한 힘의 결정체였다.

"누구냐?"

등 뒤에 있는 기척을 향해 여전히 등 돌린 채 물어봤다.

진압 부대 추격자일 가능성은 없었다. 이만한 힘을 가진 인물이 그런 시시한 존재일 리 없기 때문이다.

"대답하지 않는 것이냐. 좋아. 그럼 네놈의 정체를──."

초월의 마인이 숨을 들이켰다.

나무 그늘 속에서 흘러나오는 파동. 백발 미장부는 전율을 금치 못했다.

──환희.

모습은 보이지 않는다. 소리도 들리지 않는다.

그러나 그 힘의 파동만으로도 그곳에 무엇이 숨어 있는지는 충분히 파악할 수 있었다.

"하, 하하하하하, 네놈이었냐?! 설마 이런 곳으로 마중 나올 줄이야!"

양팔을 벌렸다.

이어서 초월자는 사납게 대지를 박차며 달려들었다.

"천제 융메룽겐! 내 앞에 나타난 대가는 톡톡히 치르게 해주마!"

Epilogue
『별에 소원을』

the War ends the world /
raises the world

1

자연 국경선, 성 엘자리아 대하——.

아침 안개가 낀 철교의 가운데에 황청 국경선과 검문소가 자리 잡고 있었다. 차 한 대가 그곳을 통과했다.

"————휴!"

차 뒷좌석.

이스카 옆에 앉아 있는 여대장이 고개를 돌려 뒤편의 검문소를 바라봤다.

"아, 다행이다. 입국 심사는 엄격했는데 출국 심사는 별것 아니네! 이제 우리의 특무도 최저한의 목적은 달성한 거지?"

검문소를 통과해 철교 끝까지 건너갔다.

이제는 간선도로를 타고 가장 가까운 중립도시로 갔다가 거기서 제국으로 향하면 된다.

"이스카 군도 무사해서 다행이야. 있잖아, 진 군이 그랬는데. 이스카 군이 고문을 당하거나 약물에 절어 맛이 갔을지도 모른다고…… 하지만 그런 거 아니지?"

"네, 덕분에 무사히 탈출했어요."

안도한 듯한 미스미스 대장에게 이스카는 망설임 없이 대답했다. 참고로 딱 한 번 린에게 습격당할 뻔했지만 그건 비밀로 해야겠다.

"실은 깜짝 놀랐어요. 이렇게 다들 황청에 와 있을 줄이야. 어, 이제 와서 물어보기도 뭐하지만요. 용케 국경을 통과했네요……?"

"그래, 우리가 얼마나 고생했는데."

운전석의 진.

그리고 조수석의 네네도 드물게 피곤한 표정을 짓고 있었다.

"불행 중 다행이지. 이것 말고는 다른 방법이 없었어."

"특무 말이야?"

"응. 리샤 말로는, 우리의 성문은 며칠 후에는 사라질 거라더군. 기막힌 타이밍이야."

제907부대의 임무――.

제국 병사에게 성령 에너지를 조사해서 피부에 성문을 박아 넣는 인체 실험. 이 인공 성문으로 황청에 침입하는 것이 『특무』였다고 한다.

……나도 그 특무 덕분에 살았다.

……진의 말마따나 타이밍이 기가 막혔다.

자동차 시트에 몸을 기댔다.

제국으로 돌아갈 수 있다. 그렇게 실감한 순간, 지독한 수마가 이스카를 덮쳤다.

"이스카 오빠, 졸려? 역시 피곤해?"

"……아, 아니. 괜찮아. 제국령에 들어갈 때까지는 버틸 수 있어."

그래도 이렇게까지 피곤해진 것도 오랜만인 것 같았다. 이유가 뭘까. 역시 샐린저와 싸웠기 때문인가?

아니, 하지만 힘든 전투는 그 외에도 많았을 텐데.

뭔가 달리 짐작 가는 이유는?

그렇게 생각했을 때 어떤 사건이 머릿속에 떠올랐다.

"후후, 이스카. 간지럽잖아. 어딜 건드리는 거야?"

"아, 도망치면 안 돼. 옳지, 잡았다."

포로가 된 이스카가 보낸 하룻밤.

거실에 있는 이스카의 귀에 그런 말이 들려왔다. 침실에서 잠자는 앨리스의 잠꼬대였다.

그 숨소리가 왠지 섹시했고, 하룻밤 내내 "후후, 넌 정말 의외로……구나?"라는 의미심장한 말이 계속 되풀이됐으므로 당연히 신경 쓰일 수밖에 없었다.

의외로…… 뭔데?

도대체 뭐가 의외였을까. 그리고 왜 그렇게 즐거워했을까. 앨리스의 잠꼬대가 신경 쓰여서 한시도 긴장을 풀 수가 없었다.

"뭐야, 결국 앨리스 때문에 피곤해진 거잖아?!"

"이스카 군……?"

"아, 아뇨, 그냥 혼잣말이었어요! 네, 정말로……."

자동차 천장을 쳐다보며 한숨을 쉬었다. 잊어버리자. 여긴 황청도 아니고, 나도 포로가 아니다. 제국 병사로서 행동해야 한다.

"대장님도 기운이 넘쳐 보여서 다행이에요."

"어, 나 말이야? 나도 괜찮지. 총 맞긴 했지만, 직격탄은 아니었으니까."

"아, 저기. 기운이 넘치는 걸 보면, 혹시 성문 문제도 해결됐나요?"

마녀화(魔女化).

미스미스의 왼쪽 어깨에는 진과 네네 같은 인공 성문이 아니라 진짜 성문이 자리 잡고 있었다.

이 얼룩을 어떻게 숨기느냐 하는 문제는 해결되지 않았었는데.

"혹시 나 없는 사이에 좋은 아이디어라도 떠올랐나요?"

"――――."

"대장님?"

"아아아아아아아앗?! 이스카 군, 그런 말 하지 마! 나 아직 마음의 정리가 덜 됐단 말이야!"

"여태 까먹고 있었어요?!"

"이스카 군, 제도에 돌아가서 같이 생각해줘! 이번에는 부하가 대장님을 도와줄 차례야!"

"……아, 네!"

울면서 달라붙는 대장의 머리를 쓰다듬으며 이스카도 고개를 끄덕였다.

……하긴 그래.

……지금 이 사람에게는 이것이 훨씬 더 심각한 문제지.

네뷸리스 황청의 국경을 넘는 것보다도.

제국에서 계속 사는 것이 마녀에게는 훨씬 더 어려운 일이다.

"당연하죠. 이번에는 내가 대장님을 도와드릴 차례예요."

이스카는 나약한 표정을 짓는 여대장에게 그렇게 말하고 주먹을 불끈 쥐었다.

2

네뷸리스 황청 중앙주.

왕궁「별의 탑」.

세상에서 가장 하늘에 가까운 정원——싱싱한 화초 향기로 가득 찬 이 공중정원에서 앨리스는 벤치에 앉아 저녁 해를 쳐다보고 있었다.

"앨리스 님."

정원에 들어온 린이 예의 바르게 인사했다.

"여왕님께 상황을 보고하고 왔습니다."

"고마워, 린. 이따가 밤에 나도 어마마마께 직접 이야기할게. 마인에 관한 이야기를 다시 한 번 들어보고 싶기도 하고."

"그 전에 목욕부터 하시지요."

"어휴…… 알았어."

석양빛에 붉게 물든 앨리스의 멋진 금발 머리가 지금은 땀과 흙먼지로 더럽혀져 있었다.

감옥탑에서 총지휘를 맡고 사도성과 싸운 뒤, 한시도 쉬지 않고 곧바로 귀환. 여왕과 측근에게 사태를 보고한 직후였다.

"이번에는 묘하게 운이 없었어. 나는 머리카락도 옷도 엉망이 되었는데. 결국 그 사도성은 놓쳐버렸고……."

앨리스와 싸우는 도중에 모습을 감춰버린 사도성 네임리스.

왜 모습을 감췄는지는 몰라도, 그가 사라짐과 거의 동시에 감옥탑에서 진압 부대와 싸우던 제국 병사들도 홀연히 사라져버렸다.

"제국 부대가 어떻게 국경을 넘었는지도 의문이야."

"네. 여왕님께서도 걱정하셨습니다. 제13주 이외의 지역에서도 수상한 자들이 발견됐습니다. 황청 내부에 아직도 제국의 첩보 부대가 남아 있을 겁니다."

"우리도 조심하자. 그런데……."

앨리스는 무릎에 손을 올리고 심호흡을 한 뒤.

고개를 세차게 흔들어 우울한 생각을 떨쳐버리고 평소처럼 미소를 지었다.

"그렇게 나쁜 일만 있었던 것은 아니야. 린, 너의 활약은 주인으로서 자랑스럽게 생각해. 그 위험한 마인을 상대로 용감하게 싸우다니. 참으로 훌륭해."

"……네! 감사합니다!"

린이 꼿꼿한 자세로 대답했다.
"시종으로서 분에 넘치는 영광입니다!"
"그래. 그리고 또——."
입 밖에 낼 수는 없지만.
……아아, 안 돼.
……이건 곤란해.
조금만 방심해도 금방 「그」를 떠올리게 된다.

"내 얼룩도? 신경 안 쓰이니? 나를 기분 나쁜 마녀라고 생각하지 않는다면, 네가 나를 어떻게 생각하는지 가르쳐줘."
"전장의 라이벌."

그 한마디를 떠올리기만 해도 정말 기뻤다.
마녀도 아니고, 왕녀도 아니었다.
오직 그만은 진짜 나를 보아준다. 그 사실을 알게 된 순간 어찌나 가슴이 뛰던지. 그것을 떠올리기만 해도 저절로 웃음이 나왔다.
"…………이스카."
"앨리스 님, 지금 불온한 이름이 제 귀에 들린 것 같은데요."
"뭐, 뭐 어때!"
린이 의심하는 눈초리로 바라보자, 앨리스는 벤치에서 벌떡 일어났다.
"이스카와 나는 공인된 사이야. 공인 라이벌이라고! 그러니까 이름을 말해도 괜찮잖아?"
"아뇨, 전혀 괜찮지 않은데요?!"
린이 어깨를 축 늘어뜨렸다.
"일단 저도 그 제국 검사의 도움을 받았으니까요. 적이지만 한 사람의 무인으로서 존경할 만한 남자라는 것은…… 분하지만, 인정하겠습니다."
"그렇지?"
"그렇지만, 그래도 안 됩니다. 그 검사의 이름을 함부로 입에 올리시면 안 돼요. 특히 황청에서는 더더욱."
"……하지만."
"여왕님께 말씀드릴 겁니다."
"…………알았어~. 어휴. 린, 넌 너무 잔걱정이 많다니까."
제국 검사 이스카.
그 이름을 말해봤자, 어차피 하급 병사인 그의 이름은 아무도 모를 텐데. 이곳은 네뷸리스 황청이니까.
"어쨌든. 린, 목욕 준비를 해줘. 오늘은 같이 목욕하자."
"……으윽."
"어머? 왜 그렇게 싫어하는 거야?"
"앨리스 님 탓이잖아요! 제 알몸을 볼 때마다 『……어, 그래. 린. 발육은 사람마다 다 다르니까. 좌절하지 마』라고 동정하는 눈빛으로 쳐다보시니까요!"
"후후, 린. 귀여워."

"네엣?!"

공중정원에서——.

소녀의 비명과 웃음소리가 메아리쳤다.

네뷸리스 왕궁「별의 탑」.

공중정원에서 멀리 떨어진 제3왕녀의 개인실.

제2왕녀 앨리스리제의 방 못지않게 호화로운 그 방은 거실에 불도 안 켜진 상태로 고요한 어둠에 잠겨 있었다.

"이스카와 나는 공인된 사이야. 공인 라이벌이라고!"

"그 검사의 이름을 함부로 입에 올리시면 안 돼요. 특히 황청에서는 더더욱."

제2왕녀 앨리스와 시종의 대화가 울려 퍼졌다.

도청한 것이 아니었다.

성령의 힘으로 재현된 것이다. 그런 두 사람의 대화를 몇 번이나 계속해서 반복 재현하면서 가만히 귀 기울여 들은 뒤.

귀여운 소녀는 조그맣게 중얼거렸다.

"——이스카?"

제3왕녀 시스벨 루 네뷸리스 9세.

언니인 앨리스와 닮았지만 좀 더 앳된 생김새. 프릴 달린 드레스를 입고 있어서 그런지 아름다운 인형처럼 사랑스러웠다.

그 소녀가 바닥에 주저앉은 채 중얼거렸다.

"제국 병사……?"

시스벨 본인도 매우 강력한 순혈종이었다.

시스벨이 보유한 「등불」의 성령은 과거에 일어난 사건을 영상과 음성까지 종합해서 재현하는 것이었다. 왕궁에서 발생한 대화나 사건을 자유롭게 「훔쳐보고, 훔쳐들을」 수 있었다.

시스벨에게 거짓 증언은 통하지 않는다.

그래서 왕궁 부하들이 가장 두려워하는 왕족 중 한 명이었다.

"앨리스 언니가 신경 쓰는 제국 병사……? 라이벌?"

시스벨은 입술에 손가락을 대고 곰곰이 반추해봤다.

언니가 입에 올린 이스카라는 이름.

이게 벌써 몇 번째일까. 전에도 몇 번인가 언니가 그 이름을 언급했던 것이 기억났다.

혼잣말로.

아무에게도 안 들리도록 조그맣게 중얼거린 것이 대부분이었지만, 시스벨의 성령은 그런 혼잣말조차도 충실하게 재현했다.

"이스카…… 이스카…………?"

그 이름을 말해봤다.

"………………."

조용히 가슴에 손을 댔다.

드레스 천 아래에서 느껴지는 고동이 평소보다 빠르다는 것을 스스로 느꼈다.

"설마."

바싹 말라버린 입술 사이로 흘러나오는 말.

"설마, 그런 우연의 일치가, 있을 리 없어요……."

이스카라는 이름의 제국 병사.

약 1년 전. **자신을 감옥에서 해방시켜준** 제국 병사의 이름이, 분명히――――――.

"쉿, 가만히 있어. 지금 거기서 꺼내줄게."

"어째서? 나를…… 도망치게 해주는 거야……?"

"사상 최연소 「사도성」 이스카."

"마녀의 탈옥을 도운 국가 반역죄로 인해 체포. 종신금고형 선고."

그는 이름을 밝히지 않았다.

그러나 시스벨이 황청에 돌아오고 나서 중립도시에서 발행된 정보지를 통해 그의 이름을 알아냈다.

――1년 전, 시스벨은 어떤 결심을 하고 제국에 침입했다가 실패했다.

――바로 그때 그의 도움을 받았다.

이스카라는 이름의 공통점.

언니가 라이벌이라고 표현할 정도로 강한 제국 병사. 그가 사도성이라면 이해가 갔다.

"하지만…… 그럴 리 없어요……."

순혈종 마녀는 갈라진 목소리로 다시 한 번 중얼거렸다.

그럴 리 없다고.

"그런 우연이 존재할 리 없어요. 그것은…… 너무 낙관적인 해석이에요……."

옷자락을 꽉 붙잡았다.

어깨를 바들바들 떨면서 입술을 깨물었다.

"별의 운명이여, 나는 당신의 유혹에 흔들리지 않아요. ……그러나 혹시 그 병사를 만날 수 있다면———."

별에 소원을.

기도에 신비스러운 힘이 있다면 나는 몇 번이라도 기도할 것이다. 그것이 결코 일어날 리 없는 기적이란 것을 알고 있다 해도.

"제발, 다시 한 번…… 구해줘요……!"

the War ends the world /
raises the world

후기

소년은 소녀의 등에 숨겨진 비밀을 보았다.

소녀의 피부에 새겨진 낯선 무늬.

기괴하게 빛나는 그 무늬는 마치 뭔가가 들러붙어 있는 것처럼 보였는데——.

이 작품에서는 그것이 바로 성령의 얼룩을 소유한 「마녀」입니다.

"이것(성문) 말인데. 어떻게 생각해?"——마녀 공주의 그 질문에, 포로가 된 소년은 뭐라고 대답할 것인가.

그리고 그 대화의 결말은? 이번 이야기는 그런 스토리입니다.

네, 안녕하세요.

이 작품 『너와 나의 최후의 전장, 혹은 세계가 시작되는 성전』 제3권을 읽어주셔서 감사합니다!

이번에는 성문에 주목하면서 「헤어지려야 헤어질 수 없어서」를 테마로 다뤄봤습니다.

별의 운명인지, 장난인지.

제2권에서는 『엇갈림』만 반복했던 검사와 마녀가 이번에는 반대로 포로와 감시자라는 관계가 되어 뜻밖의 밀착 생활을 하게 되었습니다.

서로의 내면을 알게 되는 것――.

누군가의 존엄성 영역에 타인이 발을 들이는 것은 큰 용기가 필요한 일입니다. 이것이 때로는 충돌을 낳기도 하지만, 서로를 이해하기 위해서는 불가피한 일이지요.

이번 에피소드에서 서로를 「라이벌」이라고 정확히 인식한 두 사람이 이제 어떻게 될지. 앞으로도 흥미진진한 이야기가 펼쳐질 테니 기대해주세요!

참고로 이번에는 또 하나의 키워드가 있었습니다. 「탈옥」인데요.

이번 에피소드의 보스인 마인과, 마지막에 등장한 **소녀**와 관련된 「탈옥」――이건 나중을 위한 즐거움으로 남겨둘까요? (네, 맞습니다. 1권 맨 처음에 나온 그 소녀입니다)

그럼 여기서 향후 일정을 조금만 말씀드릴게요.

올해 5월에 새로 시작된 시리즈 『너와 나의 전장』. 1권에 이어 2권도 인기를 얻고 있습니다. 많은 분들께서 응원해주신 덕분에 지난 1년 동안 새로운 시리즈로서 계속 이야기를 풀어나갈 수 있었습니다.

정말 고맙습니다. 이 자리를 빌려 감사드립니다.

일러스트레이터 네코나베 아오 선생님, 담당자이신 K 편집자님, 이번에도 크게 신세를 졌습니다. 이런 말 하기에는 다소 이르지만, 내년에도 잘 부탁드리겠습니다.

다음 권은 내년 봄에 나올 예정입니다. 좀 기다리셔야 할 테지만 그만큼 재미있는 이야기를 준비해 올게요. 벌써부터 여러분께 보여드릴 날이 기대됩니다.

그럼 다음 권이 간행될 때까지——.

저는 또 하나의 신작을 집필할 예정입니다. 여기서 소개할게요.

● MF 문고 J

『어째서 아무도 나의 세계를 기억하지 못하는 걸까?』

——이것은 세계에서 잊혀버린 소년의 영웅담.

한 소년이 천사나 악마나 환수 같은 강대한 이종족들에게 도전함으로써 이 「개찬된」 세계에서 올바른 역사를 되찾는 이야기.

이제 막 2권이 나온 새 시리즈라서 입문하시기 쉬울 거예요.

이 작품도 잘되고 있습니다. 간행 직후 폭발적인 반응을 얻어서요. 『너와 나의 전장』과 병행해서 열심히 진행해 나가려고 합니다.

내년 2월에 3권도 간행될 예정이니 잊지 말고 찾아봐주세요!

이제 페이지가 얼마 안 남았네요.

검사 이스카와 마녀 공주 앨리스의 이야기——.

격렬하게 충돌하면서도 때로는 하나가 되는 두 사람에게 어떤 별의 운명이 기다리고 있을지.

그리고 에필로그에 나온 「소녀」도 본격적으로 참전하면서 새로운 인물들이 등장하게 되는 제4권. 기대해주세요.

그럼 이만 줄이겠습니다.

내년 2월에 간행되는 『어째서 아무도 나의 세계를 기억하지 못하는 걸까?』 3권(MF 문고 J).

그리고 내년 봄에 간행되는 『너와 나의 전장』 4권.

양쪽 모두에서 다시 만나길 기대하겠습니다.

가을이 다가오는 시기에, 사자네 케이

http://twitter.com/sazanek ※ 트위터에 수시로 최신 간행 정보를 올립니다.

*위 내용은 국내 출판 현황과 다를 수 있습니다.

다음 편 예고

“내, 내가 제국 검사와 아는 사이일 리가 없잖아!”
“마, 맞아! 착각한 거야.”

미스미스의 성문의 비밀을 숨기기 위해
제국에서 멀리 떨어진 오아시스에서 휴가를 보내기로 한 이스카.
거기서 만난 사람은 앨리스리제의 여동생 시스벨 공주와,
그런 동생을 쫓아온 앨리스리제 본인이었다.
각자의 비밀을 가진 세 사람은 다들 모르는 척 하지만
이윽고 1년 전 〈마녀 탈옥 사건〉의 숨겨진 음모가 밝혀지는데——.

지고의 마녀와 최강의 검사의 무도, 제4막.
그 진실이 검사와 마녀를 한층 더한 투쟁으로 이끈다.

너와 나의 최후의 전장 혹은 세계가 시작되는 성전 4

너와 나의 최후의 전장, 혹은 세계가 시작되는 성전 3

2018년 9월 15일 1판 1쇄 발행
2019년 2월 15일 1판 3쇄 발행

저 자 사자네 케이
일러스트 네코나베 아오
옮 긴 이 한수진
발 행 인 유재옥
본 부 장 조병권
담당편집자 조찬희
편 집 김다솜 김민지 김혜주 박상엽 박은정 이문영 정영길 조찬희
라이츠담당 박선희 오유진
디 지 털 박지혜 최민성
발 행 처 ㈜소미미디어
제 작 처 코리아피앤피
등 록 제2015-000008호
주 소 서울시 마포구 토정로222, 403호 (신수동, 한국출판콘텐츠센터)
판 매 ㈜소미미디어
마 케 팅 한민지 이모토요코
전 화 편집부 (070)4164-3962, 3963 기획실 (02)567-3388
판매 및 마케팅 (070)4165-6888, Fax (02)322-7665

ISBN 979-11-6190-803-8 04830
ISBN 979-11-6190-511-2 (세트)